Fernanda García Lao

LA PIEL DURA

ediciones
lanzallamas

la piel dura

Colección Bartleby

San José, Costa Rica.
Apartado Postal 7202-1000 San José
Correo electrónico: info@edicioneslanzallamas.com
www.edicioneslanzallamas.com

Juan Murillo y Guillermo Barquero, editores
Mónica Lizano, diseñadora de la colección
Paula Ribas, fotografía de la autora

ISBN 978-9968-636-30-8

1

"Soy la gallina negra, tengo mis jueces."
JEAN GENET

Septiembre

Mascotitas furiosas
Doy rara
Pasión en remojo
Vodka miseria y vodka
Mi cristo mutilado

Mascotitas furiosas

Mi vida me da miedo. Hace días que no me llama nadie. Discutí con todas mis amigas, no se salvó ni una. La última fue Analía. Las espanté como quien barre el jardín. Las hojas secas contra el rastrillo.

Encima, no pude ensayar. Uno de los actores de mi obra intentó suicidarse. Pasé todo el fin de semana en su casa atendiéndolo y disimulando las ganas de correr, de no parar hasta el infierno. Tuve que pasarle una esponja para retirar la pintura azul que le llenaba los poros, antes de que llegara su familia. Fue un intento de muerte especialmente turbia. Lo encontré tirado en el living de su monoambiente con el cuerpo cubierto por una costra seca de pintura. Parecía un pitufo trágico, demacrado. Uno no sabía si llorar, o pegarle una paliza. Las pastillas no fueron suficientes y se salvó, pero con secuelas. No se acuerda de nada. Tuve que sacarlo de la obra. Un actor sin memoria es un cuchillo sin filo.

Esa noche, cuando llegué a casa, Damián estaba durmiendo en mi cama con una viborita adolescente. El living revuelto. Una pila de platos y un grupo de cucarachas rubias realizaba una orgía en la mesada de la cocina. Todos felices, menos yo.

Entré hecha una furia a mi cuarto y saqué a la pareja del nido mientras gritaba toda clase de improperios. Palabras terribles que me llenaban la boca. Adjetivos puntiagudos que se disparaban solos como dardos inconscientes.

Ellos, ni amagaron una respuesta. Se vistieron en silencio y cerraron la puerta. Ese silencio terco me dolió más que ninguna respuesta posible. Entonces lloré. Hacía siglos que no lloraba así. No había límite en mi desesperación. Lloré por mí, por ellos y por la ristra de desgracias que me persigue cual reguero de pólvora.

Después de un par de horas, fui al baño. Cuando me miré en el espejo no me reconocí. Me di cuenta de que llorar no es conveniente. Se hinchan los ojos como delirios duros.

Abrí la botella de gin y me dediqué a tragar pequeños sorbos durante un rato para enaltecer mi sentido dramático de la existencia. La bestialidad que hay que disfrazar socialmente, dentro de mi jaulita hogareña se desboca.

Con el décimo trago de gin, abrí la puerta. Mi última amiga estaba en el umbral. Era medianoche.

Traía en brazos a Oliver, un pequinés consentido y ojeroso como todos los de su especie. Un infeliz con problemas psicológicos que hacía su papel de perrito gomoso, pero que en realidad ocultaba en su interior a una serpiente emplumada. Anubis lo arañó en cuanto pudo y después desapareció con rumbo incierto.

Analía vino a contarme su último enredo geométrico: engañó a su marido con un funcionario ralo porque su marido la engañaba con la mujer del funcionario. Yo la miraba y no entendía con exactitud cuál era su boca.

La invité a sentarse y me cubrí de almohadones mientras

intentaba una conversación. Cuando se levantó para ir a la cocina, lancé un sugestivo vómito sobre su mascota miserable, pensando que era un jarrón del mismo color que utilizo a tales fines. Oliver comenzó a chillar y su dueña regresó como un bombero al rescate, encontrando al desgraciado cubierto de un líquido denso. Lanzó un grito de espanto y yo no pude menos que reír sin sentido, reír porque sí, porque la vida era un disparate en ese mismo momento.

El perro me ladró con su furia enana y ella creo que me insultó, pero no me acuerdo porque me quedé dormida. Al instante caminábamos juntas por una calle onírica y encontrábamos un teatro con una inmensa marquesina que anunciaba, Hoy: GATO CON RABIA. Sacábamos las entradas y nos sentábamos en la primera fila. Analía abandonaba de pronto la butaca y se acercaba al único actor que había sobre el escenario. Un felino vestido de persona. Un asistente corrió a prevenirla. Pero ella quería tocarlo, desatendiendo el aviso y las convenciones sociales. El gato comenzó a ponerse blanco y demente. Cuando parecía que iba a saltarle a la cara, cuando su mejilla estaba destinada al zarpazo, el minino cambiaba radicalmente de actitud y se hacía bueno. Es más, abandonaba su forma para convertirse en medio niño. Un niño peludo y gatuno con necesidad de afecto.

Cuando desperté, entendí la lección. La falta de confianza conduce a la rabia del otro. O, no hay que confiar en los gatos. O, la rabia en escena sólo funciona si hay distancia.

Visto de cerca, cualquier criminal es un niño

Buscar en las diagonales. Irse por la tangente.
Hay esqueletos bellísimos en los rincones.

Doy rara

Había jurado no hacer más *castings* en mi vida, pero no puedo cumplir. Estoy en franca decadencia económica. Miro madres en la tele para recordar cómo son y después voy al ropero. Mi ropa es negra, no tengo corpiños. Tampoco sentido de la discreción.

Me pruebo camisas de la vecina que es madre, pero no sirven. Parezco una monja misionera.

Al final, me decido por una camisita bastante despreciable que uso cuando intento parecer normal. Me pongo las botas debajo de un pantalón ascético y me ato el pelo para disimular las raíces desteñidas. Mientras me maquillo, me detengo a observar lo que soy, como si fuera otro. Tengo la piel tan seca que parezco un desierto. Ni un vergel a la vista.

Llego a un simulacro de productora y encuentro una fila interminable de jovencitas escuálidas anotándose para otra cosa. Pregunto por el Desinfectante y me quito cinco años. No contesto sobre últimos trabajos porque estoy cansada de mentir.

Bajo por una escalerita y llego a un pasillo con olor a sobaco donde hay tres puertas.

La primera dice Celular. Actores de traje y corbata barata esperan una oportunidad. Todos ligeramente descoloridos, ligeramente panzones, ligeramente pelados. Ninguno es profundamente nada. Actores como latas de tomate líquido, formas vacías ocupadas en agradar a quien sea, como sea. Fósforos usados que hay que volver a encender para seguir comiendo.

En la puerta dos, están las perfecciones de hasta veintiuno. Se huele un alto grado de competencia. Unas con escote, otras con faldita, alguna con boca prometedora, otras con todo lo anterior a la vez, escote, faldita y boca. Cada una es un precipicio, una invitación a abrirse el cráneo contra las rocas.

Frente a la puerta tres, está lleno de niños. Algún infante domesticado hará de hijo mío, supongo.

Me siento junto a tres padres que discuten sobre agencias en Chile y porcentajes en dólares.

Detrás de mí, ha subido una señorita con minifalda tumultuosa y cara perfecta. El padre de uno de los monitos la bombardea con preguntas idiotas. Y ella no responde una frase sin sonreír o hacerse la nenita lagarto. Yo me entretengo con el vagabundeo de una mosca grande y peluda que causa grititos de pánico, palmoteos, o movimientos sorpresivos de cabeza.

Por fin sueltan a dos niños que tenían encerrados repitiendo una *marca* a puro pulmón. Me llaman. Entro justo cuando cámara y asistente salen a tomar aire. Me dejan sola.

A veces, llego a creer que podré engañarlos. Pero no. Ellos saben. Por eso no me llaman. Doy rara. Mis conocimientos teatrales conspiran en mi contra. El ojo impúdico de la cámara desea gente liviana y a medio hacer. Gente sin

17

amenazas subterráneas. Superficies bellas, pulibles. Todo lo que no soy, ni seré nunca. Mis pupilas son dos acorazados. Estoy en guerra.

En una silla medio rota encuentro el *acting* en ingles: I can't scrubb this mess. It's so hard! ¿Se dirá escrub o escrab? No tengo idea de lo que significa, ni me interesa, pero lo aprendo igual.

Pienso mi presentación: Hi, my name is Violeta. I am 31. I am an actriss. I like travel a lot! Me asaltan deseos de llorar. El patetismo es mi terreno, pero ya no se aguanta.

Vuelven. La asistente anota mal mi nombre en la pizarrita y se olvida de sacarme la foto. Hago cuentas por si me preguntan en qué año nací. Si me equivoco después no coincide. Yo no coincido.

—Perdón, no es Violenta sino Violeta. Y no me sacaste la foto. ¿Hay que presentarse en inglés?

—No, en *neutro*.

Me pongo en la marca. Me agarran ganas de saltar como una leona sobre el domador bigotudo, vestido con camisa de rayas que insinúa las tetillas inhiestas, sentado en su banquito frente a la cámara látigo, afilada y avasallante.

—Bueno, dame un perfil. El otro. Una vueltita. Cuando quieras.

—Mi nombre es Violeta. Soy actriz...

—Un pasito más atrás, Valeria.

—Violeta.

—Eso, un poquito menos. Sonrisa en la marca. Vueltita para el otro lado. Qué estás haciendo últimamente.

—Trabajo con un texto...

—Ah, bien —me interrumpió el muy canalla—, que se acerque el pelirrojo. ¿Dónde está el pibito?

18

—Se fue al baño.

Esperamos de mal humor la llegada del infeliz inconti-
nente y después todo sucede rápido: hace *como si* fuera mi
hijo, lo tomo de la mano, saludamos al Desinfectante que
se aleja en un cohete —la asistente que nos hace muecas
detrás del telgopor— y nos miramos con ternura.

Regreso a casa en el colectivo muerta de calor, las botas
pegadas. Cuando abro la puerta, Damián está con una multitud de adolescentes. Algunos frente al televisor, otros en el
baño, en la cocina sobre el paquete de queso, o en la computadora. La invasión del consumo en todas sus facetas.
Están Comiendo, Mirando, Defecando. Todos gerundios
detestables.
Me encierro en mi cuarto. Me cambio a las puteadas y
escucho un chau seguido de un portazo. Salgo rauda pero
ya es tarde. Se han ido. Hay restos de comida diseminados
por los sillones, la tele prendida, la computadora tildada,
las luces encendidas, el teléfono inhallable. Ni una nota, ni
idea de a qué hora vuelve.
El gato está chupando el tarro de mayonesa.
Grito como los niños al desinfectante. Grito y lloro
mientras acomodo. Anubis sale corriendo hacia el patio.
Suena el teléfono en el baño.
—Buenas tardes. Mi nombre es Camilo López. Quería
comunicarle que su número ha sido seleccionado para hacerse acreedor...
—No me interesa.
—¿Qué debería ofrecerle para que usted considerara cambiar...?

—La bóveda celeste.

—¿Y con qué tarjeta de crédito...?

Corto sin dar explicaciones. Me tomo un trago de whisky. Vuelve a sonar el teléfono. Bebo observando cómo Anubis destroza una alegría del hogar. Lo veo masticar hasta el último pétalo. No atiendo.

Reciclo las sobras de ayer. Después, agarro la bici y pedaleo hasta la estación. El viento me pega en la cara. Un viento frío que sin embargo me gusta.

Pedaleo y veo mi vida girando sobre mí como un tornado. Avanzo por avenidas inflamadas, esquivando los restos de cordura de una humanidad desquiciada. Yo contribuyo como puedo al caos. No respeto los semáforos, me meto en contramano, giro sin aviso, acelero antes de frenar. Pero no disfruto con la desobediencia.

Mi inmoralidad es instintiva.

Pasión en remojo

Llego exhausta. Mis compañeros fuman como escuerzos en una cocinita de dos por dos, llena de grasa. Parisi está retrasado, así que me siento en el patio junto a Consuelo.

—Hoy te toca pasar, ¿no?

—Sí, pero me olvidé la corona. ¿Lo tuyo?

—Mal. Nunca podemos ensayar, es un desastre. Hace dos años que estamos con la misma escena. No sé por qué algunas personas quieren ser actores si no tienen tiempo.

—¿Hablaste con Parisi?

—Sí, nos vio el martes y cambió todo. Ahora lo tengo que hacer más rápido y con acento. Digo unos textos en alemán mientras el gordo me pasa un fajo de billetes por el culo. No sé...

—Está bueno.

—¿Te parece?

Llega Raúl Parisi con cara de higo y todos volamos a la sala a estirarnos en la oscuridad.

Después de caminar sobre fuego, piedras, arena, aceite, de saludar distinto, de cruces, susurros ininteligibles, gritos, frenadas en seco, respiraciones en dos, tres, cuatro, de atrapar el objeto con la mirada, de inventar un habla, un andar, un sonido, Parisi dice hasta acá y nos sentamos en los almohadones con olor a pis de gato.

—Hace dos semanas que no veo tu escena, Violeta.

—No tengo la corona.

—Mejor.

—Pero no traje la pipa, ni los aretes.

—La vemos como esté.

Todos se desparraman por ahí, mientras Parisi prende la consola y se instala en un banquito oscuro.

Comienzo mi texto sin convicción:

—*Vago como boga al viento,*
verde vitrola baqueteada
Benteveo inerte,
alelí alambrado
y voraz...

—Qué estás haciendo.

—El monólogo.

—Si, pero qué estás haciendo. Qué dijimos. Tenés que quebrar el texto, estás monocorde. Rompé el sentido. De nuevo.

—*Vago como*
Boga al viento verde
Vitrola
Baqueteada benteveo
Inerte alelí
Alambrado y voraz...

—Movete, te quedás dura. ¿No podés hablar y hacer al mismo tiempo?

(Risas.)

—No veo a la reina. Buscá la luz. Sacá el pecho. Meté los pies en la palangana. Rajado, subí y lavale los pies mientras ella dice el texto. ¡A él!

—¡Vago!, como boga al viento. Verde vitrola baqueteada. Benteveo, inerte alelí alambrado y, ¡voraz!

—No corras. Hablale al oído.

—Vago...

—Bien, no pares. Salpicale la boca

—Como boga...

—Tocale los huevos.

—Al viento verde...

—Apretalos

—Vitrola baqueteada....

—Rajado, agarrala de los pelos.

—¡Benteveo inerte!

—A la palangana. Los dos ahí.

—Alelí...

—¡Para acá, con nosotros! ¡La voz!

—¡¡¡Alambrado y voraz!!!

—¡Menos! ...Dejamos acá. Bien, Rajado. ¿Alguien tiene algo para decir?

—Yo.

—A ver.

—Bueno, la verdad es que no te creí. Estás demasiado preocupada por *el afuera* y te olvidás *del adentro*. Me aburrí. Ah, y le falta desarrollo.

—¿Alguien más? Violeta, ¿algo que señalar?

—Yo me sentí mejor que la última vez, aunque todavía estoy un poco perdida. Además, sin la corona no encuentro el personaje, me siento otra. Y el texto, no sé, por momentos no me dice nada.

—Estás demasiado frontal, tenés que cambiar los ejes y empezar a usar lo que te pasa: estás vieja, nadie te escucha, nadie te quiere, te observan. Hay que hacerse cargo del ridículo, tu intento erótico, la resignación. Te falta impulso. Bien las formas con los brazos, parecías una pasión venida a menos, una pasión de Paternal en remojo (risas). Te faltan matices y pensamiento. Soltás el texto como una canilla abierta. No disimules el vacío, está bueno perderse. Y ojo con la voz, hay como una tendencia tuya a ahogarse. No sabés respirar.

—Es que soy asmática.

—Jodete. Si uno no trabaja con sus limitaciones, es fagocitado. Algo más, con el *movimiento escénico* no hay que informar por segunda vez lo que ya ha sido dicho desde la escritura. Las formas deben ser autónomas. Descansamos quince minutos.

Abandonan la sala mientras seco el agua derramada y retiro la palangana. Estoy empapada y siento ganas de llorar. Consuelo me felicita. Escucho a Parisi preguntando quién falta por pagar el mes. Me escabullo en el baño. Allí, sentada en el inodoro, recuerdo mis largos paréntesis de vida infantil. Me acosaba el deber del otro lado de la puerta, y yo me sentaba a imaginar otra vida. Mis delirios inodoros de grandeza eran interrumpidos por algún miembro de mi familia con necesidades reales.

No sé vivir como los demás. Envidio la naturalidad ajena. Hasta para ir al baño.

Regreso a casa pedaleando lentamente. Me gusta la oscuridad. Vago como boga al viento. Mierda. Siento un odio famélico hacia Raúl Parisi. Lo imagino a él como una pasión de Paternal, a la que la multitud enardecida golpea con un crucifijo de hierro candente. Paternal le marca el culo

24

como a una res atea. Después, lo hacemos a las brasas.

La cercanía propone una composición muy ajustada.
Un tratamiento quirúrgico del movimiento.
Ojo con los simulacros.

Vodka, miseria y vodka

Me despierto tarde. Soñé con bichos horribles. Los aplastaba, los cortaba al medio y volvían a formarse. Eran verdes y tenían cientos de patas peludas. La casa estaba llena. Yo era su alimento. Estaba vestida de rojo y tenía un cartel en la mano: CIRCO GAG MISERIA. Los golpeaba con el cartel como si fuera una raqueta y ellos, pelotas de un tenis con vida propia. Después sentí las manos de Parisi en mis piernas. Fue tan real que al despertar todavía algo de su olor nauseabundo se paseaba por las sábanas.

Me hago un mate mientras reviso las notas para mi ensayo. Mi obra se basa en los ruidos que producen mis vecinos: un matrimonio de sexagenarios, una abuela cerca del foso final y un loro demente, de nombre Atilio. Los cuatro se turnan para putearse. El peor es el loro. He inventado un mundo donde manejarlos para que no se lastimen. Y para mantener mi cordura. O para perderla del todo. Utilizo mi vida con fines poéticos.

MOMENTO 4 (IMPRO)

Selvabuela marca el ritmo de los acontecimientos con el tambor.

Sonido a muerto. Silencio. Entra el matrimonio: Consuelo y Rajado.

Rajado empuja el culo de Consuelo y lo acaricia con la punta del pie.

Texto: Nosotros somos vos, pelotuda. Siendo vos, descubrimos el mundo.

(Probar secuencia tambor, texto, queja.)

¿Consuelo bebe vodka?

IMPRO 8 Y 6:

Rajado no quiere ser político. De ahí el horror de Consuelo frente al espejo. Está fuera de la realidad, pero se cree la más cuerda. Quiere ser primera dama y no sabe cómo.

Selva toca el tambor y se disculpa porque tampoco sabe. Rajado quema panfletos. Consuelo ensimismada con la botella, saluda a una multitud inexistente. El loro muestra sus partes íntimas.

Texto: El ruido es una trampa. Viva el caos.

Mi cristo mutilado

Lavo los platos. Ya son las once. Me tengo que duchar y salir corriendo. Llego al local retrasada. Subo la persiana y me aprieto la mano derecha. Grito, pero no veo sangre junto a la puerta. Sin embargo, tengo la sensación de un crujido interno. Algo se ha doblado, o hundido. Siento agujas como abejas enloquecidas, clavándome su aguijón. La agito, me dan ganas de morderla para espantar el dolor. Miro esperando que vuelva a la normalidad, pero sigue magullada, incendiada por dentro. Entro sin prender la luz. El dolor ocupa todo el espacio. Es un dolor gordo y desenfrenado que asusta. Te llama y te quiere besar entera.

Huyo hacia los maniquíes enanos. En la oscuridad son perfectos. Siluetas inquietantes. Presencias inútiles de plástico seco. Parecen actores muertos. Paso muy cerca de sus caras opacas, tocando levemente las telas de los vestiditos. Benteveo inerte, alelí alambrado. Me da ternura mi desastre, giro y me tropiezo con la canasta de ofertas. Caigo a los pies del enanito de invierno y lo lleno de pequeñas gotas de sangre. Por fin estoy sangrando.

Mi vida es el esbozo de una tragedia.

Entonces aparece mi jefa procedente de la calle y no me ve. Ella representa la realidad absoluta.

—¿Violeta?

Me levanto haciendo ruido y prendo la luz.

—Acá estoy.

—Tarde. Pasé hace cinco minutos y estaba cerrado. Y ayer te fuiste antes. ¿Qué pasó?

—Tenía un *casting*.

—¿Quedaste, por lo menos? Nunca quedás. No prendas el aire. Vuelvo en cinco minutos.

La veo alejarse repleta de *bijouterie*, quemada como una gallina y no puedo menos que sentir compasión por su familia. Me meto en el bañito y busco algodón. Me tiro un chorro de alcohol con los dientes apretados. Se me llenan los ojos de lágrimas calientes y el corazón de angustia. Me lavo la cara pretendiendo ser fuerte. Si ignoro el dolor, desaparece.

Vuelve Marité, llena de bolsas.

—Ayuda, chiquita.

—Dónde va todo esto.

—En el percherito formal. Fijate si hay diez.

—Once.

—¿En serio? Qué boluda esta Nelly. Bueno, mejor. Si llama decimos que hay nueve. Escuchame, hay que sacar los precios viejos y poner los nuevos. Me voy al club. Cualquier cosa, al celular. Qué te pasó ahí.

—Nada.

—Cómo nada. Chau.

Aprovecho su ausencia para intentar escribir en mi anotador. Me paso las horas anotando y tomando té. Todo se reduce a eso. Mi vida sin mi anotador no tendría sentido.

Aunque después, en los ensayos nada es lo que parece. La realidad de los actores ocupa demasiado espacio. O mis textos son indecibles. Ni siquiera la ficción es lo suficientemente artificiosa como para dejarme tranquila. El mundo es demasiado inestable.

Me cuesta sostener el lápiz y mi vida. Tengo la mano dura como la pared.

Impro 5: momento gallina ciega.

Selva redobla el tambor mientras los vecinos se quejan.

Texto: **Mi cristo mutilado. Nos comimos a Dios esta mañana. Algunos chuparon sus costillas con devoción. Otros mancillaron su divina carne entre eructos soeces. La pasión es un efecto secundario.**

Rajado se sube al mueble y vomita ataúdes enanos. De 1,25m. Son los hijos de sus muertos. Once maniquíes bajitos.

Selva se mete en uno y queda de espaldas.

Canción: **I can't scrub this mess.**

Consuelo se abrocha y se desabrocha la blusa, mecánicamente.

Texto. **No veo nada. Sólo la realidad. Cuando miro hacia delante me mareo. Prefiero revisar el pasado. Yo fui alguien antes de esto.**

Rajado con un martillo y clavos de 15 cm, clava y desclava las tapitas muertas.

Octubre

Bilis de conciencia

Pagué las cuentas y me quedé sin nada. No sé cómo voy a sobrevivir en esta ciudad, lidiando contra el clima y la locura. Una densa humedad se apodera de mis pensamientos. A veces sopla el viento muy fuerte. Mueve la palmera del patio de atrás y siento miedo o felicidad. Una mezcla de terrores pálidos como las mejillas de la muerte. Odio mi trabajito en el local de niños. Odio quien soy.

Es muy tarde. Lo único que quiero hacer es fumar y esperar la risa.

Hoy fui a Parisi. Y no pasé. Me quedé en la oscuridad viendo a mis compañeros *pretender* diferentes cosas. Y lo miré a él, tan desangelado, tragando su bilis, jugando con los alumnos como un nenito malo que se come a su regimiento de madera.

A veces siento miedo de mis ideas y quisiera ser más inocua. No soporto mi necesidad de meter el dedo en la llaga. Pero si no lo hago, me estalla la conciencia.

No soporto la mano. La persiana la dejó mal y no vuelve a la normalidad. El enrojecimiento se propaga. En otro momento de mi vida me hubiera preocupado. Hoy, todo hace juego con la desgracia. Lo único que podría sorprenderme sería la felicidad. Pero no soy optimista. La muy fétida nunca se presenta cuando uno la llama.

Construcción posible a partir de la carencia.
Obras de pequeño formato, con actores a medio hacer.

Hacerse paté

Ayer me llamaron para un *casting* de mierda y dije que iba pero no fui. Tenía *ensayo*. La obra va mal. Siempre falta alguien y cuando están todos, alguno tiene una *crisis* de identidad o de histeria.

Selva no pega una puta secuencia con el tambor y como trabaja en un hospital tiene unos horarios insólitos. Rajado entró para sustituir al suicida y se cree genial. Discutimos como fanáticos fundamentalistas, pero sin turbante. Encima no quiere pagar las horas de ensayo.

La única prolija es Consuelo. Pero es pésima. Repite los textos como el loro disecado de la obra.

Parisi dijo que podíamos ensayar gratis en su sala y a los dos días se arrepintió. Hicimos una compra de insumos, después pidió plata. Terminará pidiendo un hígado para hacerse paté.

En casa, las cosas no están mejor. Damián no estudia nada. Le quedaron once materias. Ni sabía que tenía tantas. Le dije que había que hablar, pero son las once y no ha regresado. Sabe que si no aparece, mi espíritu se diluye.

Me puse una bolsa de hielos en la mano para no sentirla. Todo el tiempo está presente, como una lámpara encendida. Azul o negra.

Los vecinos arden. La vieja se ha encerrado en el baño y el loro grita papá, con voz confusa. La sexagenaria amenaza a su mamá desde afuera, mientras golpea y dice cosas horribles. Su voz aguda resuena por toda la casa y se apodera de mí. Decido poner música molesta. Heavy metal en volumen diez.

De a poco, la locura de los otros se mezcla con la mía y se ovilla todo el barrio. Los perros del fondo se suman y se restan y ya parece que el mundo va a explotar cuando la vieja se libera de su encierro y la otra me amenaza por la medianera con denuncias y represalias.

En el medio de la contienda acústica, se escucha tembloroso un ring desgarbado. Es mi teléfono. Rajado llama para contarme sus desventuras amorosas. Primero dice que ha encontrado una sala barata, pero es una excusa. Hablamos de su romance con la novia de Parisi. Una flacucha con talento para succionar.

Lo más sorprendente es que escucho su relato *como si* me interesara. Creo que siento algo por él. Pero no entiendo qué. A veces, lo detesto y otras me enternece. ¿Se puede amar a un idiota?

Le digo a Rajado que estoy ocupada y que me espere un segundo. Abandono el tubo un rato largo, mientras simulo movimientos y una charla que no existe. Cuando levanto el teléfono, no hay nadie.

No me gusta mi debilidad hacia los demás. Me provocan con su magnetismo animal. Todas mis teorías se deshacen frente al cuerpo del otro.

QUIÉN está peor

Necesito pedirle un aumento a Marité, así que llego temprano al local. Incluso paso el plumero, cosa que nunca hago. Me gusta tocar las telitas de araña que se forman entre los dedos de los niños de plástico. Tengo que usar la izquierda, porque la otra está horrible. Y sigue doliendo.

IMPRO 6

Rajado martilla los dedos de Consuelo.
*Texto ¿**Se puede amar a un idiota?***
Ataque de tos. O de risa.

Llega Marité. La noto rara.
—Haceme un té, nena.
—¿Estás bien?

Se mete el bañito sin contestar. Pongo la pava. Suena su celular.
—Marité, tu teléfono —le digo casi gritando.
—Dejalo —responde desde el baño. Y su voz suena a sardina enlatada.

Tengo muy hinchada la mano, pero como no pago la cobertura médica desde hace mucho, me dieron de baja. Y encima debo cinco meses. Tampoco voy a pisar un hospital público. Los odio. Mi padre entró enfermo y salió archivado al más allá.

Tomo tres aspirinas de un saque. Ya nada me hace efecto.

Me pongo a pensar en otra cosa, mientras veo pasar gente por la vidriera como en una película muda y de pronto recuerdo que Marité lleva dos horas en el baño. Pero no pienso moverme. Me tiene agotada con la *repetición*. Ella se encierra a llorar, yo golpeo la puerta y pregunto ¿estás bien?, ella contesta que sí con lágrimas, ¿te hago un tecito? no, soy una tonta, ya está, podés entrar.

También sé lo que me aguarda adentro. La imagen derruida de una vieja adolescente quemada por los años de falsos veranos UVA, atiborrada de pulseritas y arrugas. Que se acomoda a la sombra de lo que fue, mientras el rimel verde y borroneando se le llueve sobre los pómulos secos. Una infeliz a la que hay que alentar, mentir y decir que está divina, que no se le nota, que su vida vale la pena.

Hoy no voy a rescatarla de sí misma. Y cuando llegue la hora de irme, si no ha salido todavía, le dejaré una nota, o le diré chau de lejos con un pie en la puerta.

Ahora sufro yo.

No dejarse atrapar por el lenguaje propio.
La provocación no es un fin en sí mismo.
Es un sistema de pensamiento.

Jugo de zanahoria

No pude librarme de la tragedia ajena y cuando estaba por salir, apareció Marité llorando. Me habló de Nelly, su modista desde hace quince años, que ayer murió frente a la máquina de coser. Marité comienza su relato a las ocho menos cinco. Cuando yo tenía un pie en la libertad. Tengo que dar marcha atrás como una espiral errante.

Nelly se había hecho unos labios de silicona casera que le inyectaba una vecina. Y quedó tan hermosa que hasta pensó en dedicarse a la actuación. Pero dos semanas más tarde empezó a encontrar manchas de grasa sobre las sábanas blancas. La cosa se derramaba por ahí y tuvo que hacerse un parchecito, a juego con el disparate. Su cara se deformó definitivamente una tarde mientras preparaba unos pespuntes. Un chorro desgarró sus labios cayendo sobre la máquina de coser encendida. El líquido feroz provocó un corto. Murió en el acto.

Imaginé a esa mujer como un pingüino contaminado al que nadie rescató. Las alas pegadas a la corriente habrían intentado un farragoso baileteo final, dejando oscuridad por todas partes.

Marité lloraba con desesperación mientras relataba el asunto. Lloraba porque tenía que buscar una nueva costurera antes del lunes, no por la electrocutada. Su egoísmo me resultó vomitivo. No pude decirle nada. La miré mal y agarré mis cosas. También le robé un ansiolítico de la cartera.

Cuando llegué a la sala, Parisi nos dio una copia a cada uno de una obrita infame titulada *Botánica existencial*, de un autor argentino que vive en Barcelona. Parece que es joven, exitoso e imberbe, con una renta anual jugosa e ideas no tanto. Está por venir a Buenos Aires.

Raúl recibió un *subsidio* de la Casa del Artista Audaz (CAA) para llevarla a escena, en coincidencia con la visita del repatriado. Y como quiere hacer una puesta original, se le ocurrió la trillada idea de que los personajes estén *multiplicados*. Habrá tres mujeres, tres hombres y tres Leonardos.

Regreso a casa en el colectivo, leyendo.

1

Diapositiva escrita: Ella es dueña de una silla, una tabla de planchar y una cama.

Mujer sentada en una silla, mira la diapositiva de un hombre: **Mi vida con él es genial. Me hace muy feliz. Tenemos algunos momentos malos, pero no me imagino otra cosa. Me gusta ser su mujer, la madre de sus niños. Tenemos uno, queremos dos** (*foto de su hijo de cara*). **El mayor tiene algunos problemas motrices. Es paralítico** (*foto en la sillita*).

Mientras las diapositivas siguen pasando, llega hombre

en silencio. Se baja el pantalón. Se para frente a ella. Se mueve un poco, a los pocos segundos suspira profundo, se viste y se va.

Mujer se levanta de la silla y se va a una tabla de planchar.

Mujer: **Me encanta cuando se acuerda de mí. Es muy detallista. A veces me trae un chocolate y nos quedamos chupando juntos la barrita.**

Llega él en silencio. Se baja el pantalón. Se para de espaldas a ella. Restriega su culo en la frente de mujer. Grita a los pocos segundos, se sube el pantalón y se va.

Mujer se baja de la tabla y se saca el vestido, después se acuesta en una cama. Las diapositivas vuelven a pasar.

Mujer: **En la segunda salida lo mandé al dentista, tenía los dientes podridos** *(foto de sus dientes)*. **Pero es tan generoso. Es médico. Para mi cumpleaños llegó temprano y se acordó.**

Llega él, en silencio. Se desnuda y se tira sobre ella. Se mueven poco. Él grita a los pocos segundos, se viste.

Apagón.

2

Diapo escrita: Él es dueño de un volante, un inodoro y un sofá.

Hombre sentado, con volante: **La detesto. No puedo tocarla. La veo tan desarmada que me inspira violencia. La ejecuto con la mente, pero siempre sobrevive.**

Me trae té con leche, con los párpados hinchados como globos aerostáticos.

Entra ella con una taza. Se la da. Él bebe. Ella sale con la taza.

Hombre en su inodoro: **cuando nos conocimos sentí que nunca podría tener un orgasmo** (*diapositiva los dos de la mano*). **Me inspiraba ternura, no placer. No me equivoqué. Debo recurrir a imágenes pornográficas de alto impacto para sentir algo.**

Entra ella vestida de colegiala, patética. Él la mira secamente. Niega con la cabeza. Ella sale.

Él hace fuerza. Después abandona el inodoro.

Hombre tirado en el sillón: **no entiendo por qué estoy con ella, no tengo fuerzas para dejarla. Paga los servicios antes del primer vencimiento. Los ravioles le salen bien. Aunque Leonardo, con sus problemas motrices...** (*diapositiva de Leonardo en la sillita*). **Mi hijo. Supongo. Ella amenaza con tener otro, pero pasan los años y no le sale nadie. A veces de noche se queja un poco, pero nada más. Mejor. Un problema menos.**

Entra ella con una zanahoria. Él comienza a bajarse los pantalones. Apaga la lámpara que está junto al sillón.

Oscuridad.

Llegué a casa preguntándome qué estoy haciendo con mi vida.

Como la respuesta se dilataba, me acosté. Me tomé el calmante robado, con un poco de agua. Para ver si el dolor se olvidaba de mí.

Y soñé con Parisi vestido de colegiala. Estaba subido a una silla, mientras Nelly le cosía el ruedo y goteaba petróleo sobre la alfombra. Después, sin continuidad, se me caían los dientes en un *casting* de jugos de zanahoria.

Me levanté conmocionada, con la mano dormida. Prendí la luz y me asusté. No podía seguir esquivando el tema. Me hice una especie de venda de hielos y me tomé dos vasos de ron. Anoté en la agenda: OCUPATE DEL DEDO.

Después me tomé una pastilla vencida que encontré en un cajón. Y me até la mano con rabia. La rabia del desesperado. O del gato. O del actor.

Impro 7

Rajado lame su herida y su lengua se pone ociosa:
Cuánta miseria. El universo es un gran productor de vacíos.

Consuelo comienza a chuparle un dedo a Rajado que crece, se hace pene y se pone violeta. El dedopene estalla y nace la vía láctea.

Selva se embadurna y proclama la eternidad.

Corbatitas

Cuando llegué al local, Marité estaba llorando de nuevo. Esta vez, porque internaron a su mamá. Pero no llora por eso, sino porque cuando fue a visitarla no la reconoció y le gritó puta. Marité nunca llora por lo previsible. Su código de tristeza se me escapa. Su egoísmo es un estandarte al revés.

Fuma. Las lágrimas mojan el cigarrillo. Siento compasión por nosotras mientras oculto mi mano hinchada en el bolsillo de la chaqueta. He perdido sensibilidad.

Entra una señora y Marité se refugia en el baño, como siempre.

La clienta saca todos los trajecitos formales talle siete y por fin decide comprar sólo una corbatita de mierda, sin talle. Se va sin despedirse.

Marité sale de su escondite con los ojos inflamados.

—Lo que más me duele es que me parece que mi vieja se escuda en la enfermedad para decirme lo que realmente piensa.

—No, sólo está senil...

Un grito desolador brota de sus labios fruncidos al escucharme. Cuando voy a contenerla, vuelve la de la corbatita y Marité sale corriendo de nuevo.

—Me parece que era más linda la azul. ¿Me la cambiás?

—Acabo de vender la última.

La sonrisa desaparece de su cara de anfibio.

—¿Es una broma?

Agarro la caja de las corbatas, busco una azul, saco la verde, meto la azul. Mis movimientos son torpes porque utilizo la mano izquierda. La otra permanece en el bolsillo.

—¿Qué te pasa en la otra mano?

—La corbatita azul. ¿Algo más?

Se me cae la bolsa al suelo y entonces, sin darme cuenta, la agarro con la mano fea.

—La tenés morada.

—A usted, qué le importa.

—Maleducada.

—Ignorante.

Cuando por fin se va maldiciéndome, vuelve Marité a la carga. Pero antes de que abra la boca, le digo que me siento mal. Que me duele la mano y que me tengo que ir. Entonces me ofrece un calmante, un té, un consejo, y le digo que no doy más. Me pongo a llorar y ella me cree. Me consuela, me deja ir.

Vuelvo a casa feliz, como si hubiera faltado a clase. Aunque analizando fríamente la situación, las lágrimas salieron con demasiada naturalidad de mis ojos. Dudo de mí. No sé a qué atenerme. ¿Actué, o la emoción fue genuina?

Ese es el problema del actor. No distingue el límite. No tiene.

Texto- consuelo:

Construyo una falsa lógica, con telón de fondo dibujado. Así me parezco más a mí. Cuanto más irreal, más genuina.

Me acuesto temprano para leer la *opereta* del falso barcelonés. Mañana tengo franco.

3

Diapo: **Leonardo es dueño de su odio, en todos los sectores de la casa.**

Entra Leonardo veloz en su silla de ruedas. Hombre y mujer a oscuras.

Leonardo (*encendiendo un fósforo*): **En cuanto cumpla dieciocho me voy a la mierda.**

Hombre a oscuras: **¡A dónde te vas a ir!**

Mujer a oscuras: **Callate Leonardo que tu papá se desconcentra.**

Leonardo: **Cierren la puerta, son un asco.**

Hombre a oscuras: **Ya sos grande para el deseo.**

Mujer a oscuras: **No te digo, por su culpa se atascó.**

Leonardo prende la luz. Mujer con zanahoria en la boca. Hombre abrochándose el pantalón.

Leonardo: **Qué hay de cena.**

Mujer (*guardando la zanahoria en el bolsillo*): **Ravioles.**

Hombre: **¿Otra vez?**
Mujer: **Pensé que te gustaban.**
Mujer sale. Hombre y Leonardo se miran.
Hombre: **¿Quién salió campeón?**
Leonardo: **Yo no. Vos tampoco.**
Hombre sale.
Leonardo: **El tiempo no existe.**
Se tira al suelo. Apagón.

Sin entender por qué, al leer la palabra *Apagón*, me sentí desesperada. Prendí las luces de mi casa una por una y me recosté en el suelo a observar el brillo. Un poco de Leonardo, un poco de locura espacial me ofuscaba y me llenaba el pecho. Todos se van. La humanidad hace una fila para alejarse de mí. Soy la última estación. El mundo no me sirve más que a modo de escenario. Una habitación vieja que sólo existe para ubicar mi monólogo vehemente en alguna parte.

Sin espacio no hay acción. Sin acción no hay drama. Sin drama, no hay yo.

Soy como una silla vieja
sentada sobre sí misma.

No quiero verte llorar

Me despierta el timbre. Son las dos de la tarde. Debo llevar dormida mil años. Cuando abro la puerta no hay nadie.

No puedo mover la mano. Decido hacer algo y me subo a la bicicleta. Pedaleo hasta el hospital más cercano. Cuando llego, encuentro un salón abarrotado de gente con la cara difusa. La espera borra la definición.

Me dirijo al mostrador de Guardia, donde un cartel dice ESPERE. La enfermera está discutiendo con una señora que tiene la cabeza cubierta de sangre.

—¡No puedo esperar más!
—Todos están mal, señora. Qué número tiene.
—¡El 102!
—No me grite, tendría que haber venido antes.
—¡Vine en cuanto me caí!
—Y bueno, ahora tiene que esperar. Si la hago pasar, los demás me matan.
—¡Pero van por el número 6!
—¿Y yo qué quiere que haga?
—¡Si me pasa algo, se van a comer un juicio!
—Cálmese, mire que no hay camas. Si se cae, la van a poner en el pasillo.

Me alejo sin intentar. Entro a una farmacia, pero no me alcanza para comprar calmantes sin receta. Así que regreso a casa caminando. Sin fuerzas para subir en la bici. El dolor me llega hasta el codo. Toco timbre, pero Damián no da señales. Busco las llaves. Una lluvia inoportuna se desata sobre mí.

Impro 8

Selva con la cabeza vendada pide a gritos un analgésico. Rajado y Consuelo la agarran cada uno de un extremo y la colocan en una camilla vieja. La serruchan al compás de un tango convertido en cumbia. El loro canta el estribillo de **No quiero verte llorar.**

Damián aparece medio dormido en el comedor con el cuaderno de comunicaciones.

—Mami, me quedé sin faltas. ¿Me firmás?

—Pensé que no estabas. ¿Estabas durmiendo a esta hora?

—No, lo que pasa es que me acosté tarde.

—Te estás yendo a la mierda.

—Qué te pasó en la mano. Huele a podrido.

—Nada. Y no cambies de tema.

—La heladera está vacía.

—Andá a la casa de alguien. Cuando vienen acá se comen todo.

Me desplomo en la cama y entonces los de al lado empiezan a gritar. Un perrito lejano se queja y recibe una patada.

Se oyen desgracias por todos los rincones. El infortunio me acuna y me eleva a un sueñito casi sensual en el que me instalo por un rato.

Un elenco me besa los pies.

Parisi arma una *improvisación* con la escena 6. Las diapositivas son sustituidas por actrices vestidas en blanco y negro. Me pongo unos guantes para disimular la metamorfosis hedionda de mi mano. Estoy segregando en rojos y bronce.

6

Selva: **Los recuerdos de él, han fermentado.**
Consuelo: **Son siempre los mismos.**
Yo: **El día de su boda.**
Gordo/Rajado/Chasco *(al unísono):* **Me acuerdo cuando nos casamos. Era la novia más siniestra del mundo. Con el vestido blanco y Leonardo en la panza enorme. Parecía un zeppelín. Sentí que mi cuerpo se preparaba para la huida. Segregué líquidos para una carrera que nunca corrí. La inmovilidad pesa. Si no rajás en los primeros 60 segundos, no te movés más.**

En la siguiente escena, Rajado hace de Leonardo. Un chico de Chascomús que fue mimo y tragador de fuego, hace de marido y yo, de *mujer*. Parisi cambia las luces en función de la lectura y nos pide que ejecutemos las escasas *acciones* que marca el texto.

7

Luz.
Entrando Leonardo y mujer.
Mujer: **Cree que es gay.**
Leo: **Me gustan los hombres.**
Mujer: **¿Para qué?**
Leo: **Cómo para qué.**
Hombre: **Tu mamá tiene razón. Para qué, si estás paralítico.**
Leo: **Qué tiene que ver.**
Hombre: **¿Acaso se te para?**
Mujer: **Ay por favor, si está impedido hasta la cintura.**
Leo: **¡No pueden ser tan infelices! ¿Escuchan lo que están diciendo?**
Hombre: **¡No grites que te van a escuchar!**
Mujer: **No me digas que estás enamorado...**
Hombre: **¡Conteste la pregunta!**
Leo: **Sí.**
Mujer: **¿De quién?**
Leo: **Del profe de ping pong**
Hombre le da una cachetada a su mujer
Hombre: **¡Te dije que no saliera!**
Mujer: **¿El de ping pong también es puto? Qué hijo de puta. Yo pensaba que le pasaba algo conmigo.**

Leo: **Me voy.**

Hombre: **¿A dónde? Usted no se va a ningún lado. Aquí aguantamos todos como una familia.**

Mujer: **Qué lindo lo que dijiste.**

Leo: **Yo no quiero aguantar. Quiero ser feliz.**

Mujer: **Qué piola. ¿Y nosotros?**

Leo: **Hagan lo que quieran.**

Hombre: **¡No podemos! Mire a su mamá, antes de responder.**

Mujer: **Eso. ¿Tengo cara de felicidad, yo?**

Leo: **Me están dando la razón.**

Hombre *(desde el sillón):* **Acá sufrimos todos por igual o esto termina en tragedia. ¿Qué hago solo con ella?**

Leo: **No me jodan más.**

Sale a gran velocidad. Chascomús me agarra del cuello. Aprieta mucho.

La *escena* fue un asco. La repetimos mil veces. El imbécil de mi marido me dejó el cuello marcado. El texto no tiene vuelo. Y además, sentí un dolor extraño que no tenía relación con el cuello ni con la mano. Pensé en mis propios ravioles, en Damián, en el escurridizo de su padre.

Me armé un porro finísimo mientras acariciaba el lomo de Anubis con el pie. Pero en lugar de relajarme, se intensificó mi dolor.

Mi estado nostálgico me llevó a marcar un número equivocado. El de mi madre.

—Hola.

—Qué pasa.

—Me siento mal.

—¿Y Damián?

—No está.

—Ese chico es un desastre.

—Estoy preocupada por mi mano.

—Qué mano.

—Me agarré la mano derecha con la persiana del local.

—Cuándo.

—Hace días.

—¿Y qué te dijo el médico?

—No pude ir, todavía.

—Pero cómo que no fuiste. Y qué estás esperando.

—Es que no tengo plata.

—Ya te dije que te tenés que mudar.

—Pero eso qué tiene que ver.

—¿Para qué hablamos, si por definición estás en contra, si siempre es al revés de lo que digo? Mi opinión no te sirve, Violeta. No perdamos más tiempo.

Sorpresivamente, me corta. Me quedo perpleja unos instantes. Suena el teléfono.

—Hola Violeta.

—Quién es.

—Raúl Parisi.

—Ah...

—¿Mal momento?

—No, qué pasa.

—Estuve pensando...te veo un poco floja.

—¿Sí?

—Pero hoy estuvo bueno lo de los guantes. ¿Tendrás unos de plástico amarillo?

—No sé.

—Otra cosita, la cuota. Todo bien, pero si nadie pagara, el teatro se habría terminado hace siglos ¿Se entiende? Yo vivo de esto, no jodamos. ¿Tus cosas?

Sorpresivamente, le corto. Vuelvo a la perplejidad. Suena el teléfono. Me quedo mirando la mano podrida. Siento un profundo mareo. Camino hacia el baño con la vista nublada.
Pierdo el conocimiento. Por fin.

2

"No estoy moribunda. Tengo la piel dura."

COPI

Noviembre

Mano violeta

Una luz en los párpados. Eso es todo lo que me pasa. Mi cuerpo ha desaparecido, o no lo siento. Abro los ojos y tardo en hacer foco.

—Nos tenías preocupados.

Marité, Consuelo y Damián están rodeando la cama.

—Qué hora es.

Marité sonríe condescendiente. Damián me abraza. Consuelo traga saliva y con un pañuelito, se restriega los ojos.

—Qué pasa.

—Estás internada, mami.

—¿Por?

—La mano —contesta Marité.

—No te preocupes, todo está bajo control —completa Consuelo y se lanza a llorar con ruido.

Siento sed y pido agua. Pero estoy tranquila. Pienso que por fin voy a poder dormir, faltar al local, a los ensayos.

—Hoy se vence la luz —acoto con una sonrisa.

—Ya pagué —contesta Marité.

Sonrío de nuevo y cierro los ojos. Me pierdo en un sueño lento. Estoy en el interior de una papaya dulce y empalagosa. Mi cabeza está coronada de semillas. Suena una bocina. La fruta se abre y quedo expuesta en el medio de una ruta. Pasan autos a gran velocidad, pero yo acelero mi papaya brillante y los adelanto a todos, aunque me siento desacelerar, voy perdiendo restos de jugo y de carne. Los últimos metros los hago con unas zapatillas que son los restos de mi útero tropical. Marité agita corbatitas de colores desde unas gradas. Parisi grita por el altavoz:

—¡Estás vieja, nadie te escucha, nadie te quiere! ¡Hay que hacerse cargo del ridículo! ¡Te falta impulso! ¡Y matices!

Me desmorono a centímetros de una fiesta, pensada para mí.

Selva humana

Una voz familiar habla con suficiencia. Se despide. Cuando abro la conciencia, sigo en la habitación del hospital.

—Bienvenida al mundo.

—Por qué estás vestida así.

—Le pedí al doctor Parra que me cambiara de turno. Así estoy con vos.

—¿A quién?

—Al cirujano.

—Qué cirujano.

—Tranquila. Ahora te cambio el suero. Estás linda, piba. En un rato, viene la psicóloga.

—Para qué. No tengo nada que decirle.

—Ah, no te conté, quedé en un *casting* al que me mandó Parisi. Por ahí dejo el hospital y todo. Es un *largo*.

—¿A dónde vas?

—Ahora vuelvo...

Selva parece otra. Entra y sale varias veces, sonríe, saluda, deja objetos, anota. Actúa bien siendo enfermera, es *creíble*, natural, no se traba. Hasta tiene *ritmo*. Pero, de qué habla, psicóloga, cirujano, piba.

Me duermo a cada rato. Selva tira su uniforme al suelo y se hace mosca. Vuela ligerísimo por la ciudad hasta mi patio. Se estrella contra el vidrio de una ventana pero no se lastima, sonríe, anota y corretea, aunque le falte una alita. De pronto se posa en las baldosas húmedas. Y Anubis la lengüetea, la mastica y la traga. Selva continúa de buen humor por el esófago de mi gato. Mientras la veo volar por el tubo digestivo, siento que alguien me tira de la manga o me escarba con un cuchillito.

Cuando vuelvo a abrir los ojos, me encuentro junto a Selva humana, con el dedo frente a la boca. Como las enfermeras de las paredes antiguas. Pero en lugar de paredes, hay brotes de hierba.

Compatible

—Querida Violeta, podría dar mil vueltas para decirte esto: Tu mano fue. No me interrumpas. Hace días que intentaban recuperarla y no hubo caso.

—¿Eh?

—La realidad es que tenemos tres opciones: el muñón, la ortopedia o el injerto. Podemos hablar horas de las desventajas, pero no tenemos tiempo. Acaba de llegar una mano compatible. Si nos arriesgamos, serías la primera en Latinoamérica. El equipo de cirugía reconstructiva del doctor Parra está a nivel internacional. La intervención quirúrgica es delicada porque hay que trabajar hueso, piel, músculo, etc. Pero, con rehabilitación pasiva y fármacos antirrechazo, en cinco meses estás divina.

—Dónde estamos.

—Parra operó en cárceles norteamericanas con total éxito. Sabemos que como *actriz*, el muñón no es una opción. Y la verdad, el plástico tampoco es aconsejable. Da *falso*. Si estás de acuerdo, sólo hay que firmar esta autorización. Si no, damos por terminado el asunto. Tu mano, de cualquier modo, está en observación, pero hay un uno por ciento de posibilidades de que se salve. Si mejora, te la implantarían de nuevo. El tema es que los tejidos del brazo podrían morir antes.

Me miro la mano y encuentro un vendaje. Comparo el largo y pego un grito mustio al comprobar que el brazo derecho es mucho más corto.

—Sí, ya te la cortaron.

—Pero... ¿con qué permiso? —digo, mientras el pavor se apodera de mi cuerpo.

—Se te estaba extendiendo la infección. Ahora lo importante es el futuro.

—¿Me cortaron la mano...?

—Yo me adelanté a la psicóloga porque te conozco. Sé que no te gusta Freud. ¿O me equivoco? Borrón y cuenta nueva. ¿Te doy agua?

—No... Qué pasó con la ciencia, cómo van a cortar una mano así, como si fuera una uña...

—Estuviste un mes gangrenando.

—Dale, dejate de joder.

—Hablo en serio. Necrosis de tejidos y putrefacción.

—Estoy horrorizada, no puedo respirar. Esto no es verdad. ¿Estoy bajo el poder de la anestesia?

—Ya no.

Me largo a llorar sin freno mientras le miro sus dos manitas carnosas y húmedas, sus manos vivas. Siento que una piedra crece a continuación de mi muñeca.

Selva se sienta y espera con cara de resignación a que se me pase. No soporto la idea de haber perdido una parte de mi cuerpo, me han rebanado como a una mortadela. ¿Mi mano en un sándwich? El cirujano la mastica.

—Dónde está —digo de pronto.

—Quién.

—¡Mi mano!

—Supongo que en Miembros Mutilados, cuarto piso. Si querés, la podemos ver, cuando estés mejor.

—No, qué estás diciendo.

—Hay gente que se las lleva en formolín. De recuerdo.

—Qué te pasa. ¿Estás loca?

Lloro otro ratito, segura de que no puede ser. Me voy a despertar. Observo detenidamente alrededor, para encontrar alguna incongruencia que delate esta falsa realidad. Pero pasa el tiempo y la habitación no cambia de forma. Tanta quietud me resulta sospechosa.

—Y la mano ésa, de dónde salió —digo de pronto.

—¿La Compatible? Su identidad es reservada. Pero vi la ficha. La dueña era decente, sin traumas y similar a vos, en color y en tamaño. Además, tenía tu tipo de sangre.

—¿ERA? Esto es... monstruoso.

—Veamos el lado positivo. Hay gente que espera años la aparición de lo que le falta. Encima, con la invasión de prótesis piratas, el mercado se ha modificado. Para mal.

—¿Qué?

—China. Sin contar con la red de charlatanes sin certificado que implantan cualquier cosa.

—Pero yo... Tendría que consultar con alguien. Esperar un momento.

—Bueno, lo estás hablando conmigo. Yo en tu caso ni lo pienso. Lo hablé con Marité, ella también está de acuerdo. Dice que con el muñón no vas a ir a ningún lado porque asusta. Y tiene razón.

—¿Le contaste a todo el mundo?

69

—No, sólo lo saben Marité, tu mamá, Consuelo, Rajado, Damián y yo.

—Y qué dijo mi madre.

—No estaba, le dejé el mensaje en el contestador. ¿De que te reís?

—Me la imagino escuchando: Hola, le quería avisar que le serruchamos una mano a su hija, pero no se preocupe...

Selva me mira como una profesional del dolor ajeno. Me alcanza un pañuelito. Cambia de tema.

—Ah, no te conté. En el *casting* para el largo, tuve que besar al *coprotagonista*. Y tenía dudas porque el pibe era un deforme... Me acordé de aquella vez en el que besamos al pedo a un montón de *extras*, ¿te acordás?

—Dónde hay que firmar.

—Qué cosa

—Para la Mano.

—Ah, sí.

Me entregó un papel con membrete. Hice un garabato inmundo con la izquierda que ni siquiera se parecía a mi firma verdadera. Y lo dejé sobre mi pecho, agotada.

—Ahora dame algo fuerte y no hables más. Me rebotan los oídos de escucharte.

—Está bien.

—No me despiertes hasta el año que viene.

—Como quieras.

Cerré los ojos intentando recurrir a una imagen optimista y entonces me acordé de cuando me quitaron las amígdalas. Fue uno de los únicos momentos de la infancia en que me sentí feliz. Y nadie se quejó porque me quedara en la cama más de lo habitual. Podía hablar sola e imaginar, sin ser perturbada. Podía llorar, sin dar explicaciones. Me regalaron un juego de damas y si ganaba, nadie me llamaba la atención por exteriorizar mi alegría.

Tal vez ahora, con la excusa de la mano rota me dejen en paz. Y pueda repetir la libertad, que es un cucurucho de helado.

Recorte

Cuando me desperté, la cosa ya estaba terminada. Un grupo de personas allegadas estaba alrededor de mi cama. Pensé que había muerto, pero nadie lloraba. Marité fue la primera en darse cuenta de que había recobrado el conocimiento. Se lanzó sobre mi cama. Yo me sentía bien, aunque no escuchaba nada. Me oía latir el corazón como una topadora.

Mi madre no estaba. Rajado me hizo un gesto de *me voy a fumar* y desapareció detrás de una enfermera bajita y maliciosa, a la que no le vi la cara.

Hubo como un revuelo en el resto de las personas que estaban en la habitación, pero Selva las persuadió con el dedo levantado. Marité me señaló una especie de libro de cuero que dejó en la mesita de luz y después fue desalojada por el médico. Todos se retiraron en cuanto entró y entonces vi brevemente al responsable de mi trasplante. Un tipo peludo y grandote. Me volví a dormir.

Sentí cosquillas en la Muñeca. Y una infinita felicidad, un poco pelotuda. Supongo que producto del cóctel de calmantes que me habían suministrado.

Al despertar, estaba sola. Me dolía un poco la frente, pero nada más. A mi lado, el libro que había dejado Marité, resultó ser un álbum de fotos donde había pegado un montón de recortes de diario, en torno a mi operación.

Todos decían más o menos lo mismo. Saltaba de un renglón a otro.

"El primer transplante de miembro superior...", "con total éxito..."

"Se inició ayer y se prolongó...", "La intervención", "el reconocido cirujano Heriberto Parra...", "También estuvieron presentes el Dr. Blatt...", "la Confederación Internacional de Trasplantes...", "Tres ayudantes y dos anestesistas... ", "Cinco estudiantes avanzados...", "desde un cuarto anexo...".

En la página tres, algo me llamó la atención:

"La paciente, una aspirante a actriz de treinta y seis años, se recupera positivamente...".

Me quedé mirando el enunciado y después lloré en silencio.

Ahora todos sabían.

Visita uno

Ayer, cuando terminaba de tomar la sopa, apareció mi madre con una maceta de Nomeolvides. No se quitó las gafas. Supongo que para ocultar que se encontraba muy afectada. O para que fuera evidente, no lo sé. Nunca la entiendo.

Se sentó en el borde de la cama y al cabo de un rato, tuve que consolarla. Sólo dijo:

—¿Qué más puede pasarnos?

Después lloró. Veía sus lágrimas por debajo de los cristales ahumados. Le pasé un pañuelito, pero ella prefirió tragarse las gotas saladas, con dolor.

Cuando se despidió, tuvo un gesto increíble. Me tomó la Mano nueva. Y la besó. Desde ese momento, aunque Parra no lo crea, empecé a sentir un cosquilleo que revela la presencia de los dedos recién llegados.

Selva se sentó junto a mí, cuando me quedé sola de nuevo. Y ojeó el álbum de recortes.

—Qué loca está Marité. Cómo se le habrá ocurrido semejante cosa.

—A mí me gustó. Fue un lindo detalle. Así no me olvido de la carnicería que me hicieron.

—¿Estás siendo irónica?
—Tiralo a la mierda —le pedí con dulzura.

Las situaciones fuera de escena modifican el presente.
Mis antepasados cuelgan del borde de mi camisón.

Visita dos

—Vengo con alguien.

—No, Selva.

—Dale, es una buena excusa para que te arregles.

Selva no me deja opción. Saca un maletín lleno de cosméticos y comienza a maquillarme. Después se dirige a la puerta.

—Pasen.

Parisi, seguido de un desconocido con cartera cruzada y boina, avanzan hacia mí. Parece una visita oficial. De pronto temo que el de la boina sea un cobrador. Le debo a cada santo una vela.

—Violeta querida —arranca Parisi con fluidez y exageración—, estás hermosa.

—¿Te parece?

—Te traigo a un amigo que está extasiado con tu historia: Fermento Mur.

—¿El *dramaturg*o? —grita Selva.

—Encantado.

—Efectivamente —acotó Parisi—, *Botánica existencial, Las horas y las turbas, El remolino, Khemeia o Las propiedades de lo simple...*

—Raúl, no quiero apabullarla con *títulos* que no significan nada.

—Claro —digo sin entender.

—Violeta estaba haciendo el papel de *Mujer*, en *Botánica*... cuando sufrió el percance.

—*"Acá sufrimos todos por igual o esto termina en tragedia"* —larga Selva como un loro—. Se me quedó grabada la frase.

—¿Leyó mi *obra*? ¡Las enfermeras argentinas leen *Teatro*! —exageró Mur.

—No, ella también viene a mis clases...

—Ah.

—Y quedé en un *largo*.

—Bueno, como sea. Fermento quería conocerte, Violeta.

—¿A mí?

—Vengo a solicitarte el permiso para *elaborar* tu historia. Me pareció de una potencia, de una originalidad... Fuerte, dramática y a la vez, tan absurda. Un oxímoron anatómico. Gané la beca Diómedes y quisiera...

—¡Si salió en todos lados! —exclamó Selva nuevamente excedida de tono, rescatando el álbum de Marité de la basura.

—Selva, deja eso donde estaba —dije amenazante—. ¿A qué se refiere con eso de mi historia? ¿A la cirugía?

Hubo una pausa incómoda, mi voz había sonado demasiado violenta.

—No —contestó Fermento—. Ese es el *punto de inflexión*. Nada más. Quiero ver qué se *dispara* a partir del pedazo nuevo...

—Si estás de acuerdo, te visitaríamos mientras dure tu estadía, para ir escribiendo el *proceso*- —completó Parisi.

—Por supuesto, tendrías un porcentaje interesante —apuntó el otro.

—Y estarías en el estreno mundial. ¡En Barcelona! —remató el muy imbécil.

Los miré en silencio. No podía creer lo que pretendían esos buitres. Un pinchazo agudo en la Muñeca me obligó a cerrar los ojos. Excusada por el dolor no contesté nada y me quedé con los ojos sellados, en una mezcla de acto de heroísmo y renuncia. Decidí permanecer así hasta que se fueran.

—Deben ser los calmantes —sugirió Selva.

—Cuando despierte, dale mi tarjeta —acotó Fermento.

—¿Van a hacer *casting*? —preguntó ella, audiblemente excitada.

—Yo te aviso. Dejale un beso de mi parte —zanjó Parisi.

Escuché sus pasos hacia la puerta. Después, cuando me sentí sola de nuevo, me saqué la sombra de los párpados con el puño del camisón. El de la mano Nueva. Fue instintivo, ni lo pensé.

3

"La muerte está en ustedes
como el pájaro en la jaula."
SLAWOMIR MROZEK

Mayo

Después de aquello
Inventario moral
Infinito
Habilidades especiales
Dar de nuevo

Después de aquello

Creo que voy a ser zurda. Según el doctor, la Otra ya debería tener sensibilidad. Y puede que sea cierto, pero no quiero usarla. Estuve practicando y escribí mi nombre con la izquierda. La letra es igual a la que escribía en todos lados cuando era chica: Violeta, infantil o temblorosa. Vi las letras y me puse a llorar desconsolada de nuevo. ¿Serán las pastillas?

Tomo tantos inmunosupresores que a veces el mundo se da vuelta y entonces me parece que Compatible es lo único mío y todo lo demás ajeno.

Me miro la mano izquierda y compruebo que la Nueva es más linda. Tiene mejores uñas. Pulidas. Pero claro, no me animo a morderlas. Me puse los anillos para que se pareciera a la muerta. Pero Esta tiene más estilo. Ayer pensaba en todas las cosas que toqué. Han desaparecido. Yo he desparecido.

No me puedo poner crema. Me da vergüenza.

Me acuerdo cuando tenía el cuerpo entero, como todos. Pero no siento rabia ni nada, al revés, me parece tan aburrido haber sido una. Ahora sueño con la dueña de Mano a diario. Y le cambio la cara. Lo único que quedó de ella, lo tengo yo. Me paso horas mirando su Resto.

83

Mañana empiezo a ir al grupo. No tengo ganas, pero Selva me ha convencido. Dice que voy a encontrar gente como yo. Como si fuera posible.

Damián se asustó y aprobó todas las materias en diciembre. Ahora no está. No está nunca, pero ya no me molesta. Prefiero estar sola.

Los vecinos se fueron. El loro murió en mi ausencia y la vieja lo siguió unos días después. Supongo. Porque no se oye nada. Ni una respiración.

Por suerte, Fermento Mur entendió las indirectas. Selva le contó que tiré su tarjeta al inodoro y que no quiero saber nada de él ni de su *Workinprogress* mugriento.

Parisi llamó mil veces y no lo atendí ni una.

Inventario moral

—*Injertados* es un grupo de autoayuda. Todos tenemos fragmentos sacados de otros individuos o de otras zonas de nuestro cuerpo. Eso nos hace distintos. Pero quién no lo es. Hoy ha venido Valeria...

—Violeta.

—Hola, Violeta. Mi nombre es Félix y soy pelado. Estos injertos que parecen naturales, no lo son. Me los extrajeron de la nuca.

Ronda de presentaciones por la derecha.

—Hola. Me llamo Rosana y soy quirófano-compulsiva. Me operé los pómulos, el abdomen y me saqué una costilla porque sí.

—Hola, yo soy Mario, soy rengo y estoy saliendo con Rosana desde hace un mes.

—¿Ricardo? Es tu turno. ¡Ricardo!

—Ay perdón. Soy Ricardo, tengo un implante de oído, bah, tenía, porque decidí volver a ser sordo de esta oreja. No me gusta lo que escucho en general. La gente me decepciona con su visión renga de la realidad.

—¿Me parece a mí, o estás agrediendo a Mario? —deslizó Rosana.

—Hagamos foco en Violeta. ¿Violeta, no? —dijo Félix.

85

—Qué.

—Estaría bueno que nos cuentes tu caso, lo que quieras.

—Son cuatro.

—Cuatro qué.

—Ustedes. Sólo son cuatro.

—Ah, no. Lo que pasa es que faltó Camilo, que está con un implante dental y no pudo venir.

—Y Nelly...

—Mario, no asustemos a Violeta.

—Pobre —suspiró Ricardo.

—¿Nos calmamos? —exigió Félix.

Un breve silencio recorrió la salita. ¿Hablaban de la modista de Marité? ¿Sería la misma? Tal vez un ejército de Nellys estaba despareciendo por diversos motivos a lo largo de nuestra geografía. Todas muertas en servicio. Mujeres explotadas que vuelan por los aires para hacer juego con su función. Así como las actrices sucumbimos frente al otro, y los dramaturgos bajo el magnetismo del suplemento cultural, las Nellys mueren en accidente laboral.

—Un master en ansiedad tenía...

—¡Ricardo!

—Hay un alto índice de suicidio en el grupo. Seis a uno.

—¿Suicidio? —exclamé sorprendida—. Nadie se suicida con una máquina de coser...

—¿Qué máquina? Era un peligro con piernas.

—Por favor, Mario, no ahondemos. Contemos la parte linda.

Los cuatro pensaron al unísono.

—Yo antes de salir con Mario, salía con Ricardo.

—¿Otra vez con eso? —se quejó Mario.

—Gente, ustedes ya están por el cuarto peldaño y Violeta ni arrancó. Tengan consideración. Violeta: reconocer tu estado es el primer escalón —graficó Félix.

—Ah —deslicé.

—Los demás están con el inventario. Vamos a ver quién lo trajo.

—Yo —exclamó Mario.

—Te escuchamos.

—Que yo sea rengo, nunca fue un problema para mí. Pero causaba estragos en los demás.

—No tan rápido —cortó Ricardo.

—Cambiemos de silla, por el oído de Ricardo... —sugirió Félix.

Me levanté y cedí mi lugar.

—Lee así para que no entienda —me susurró el medio sordo, lanzándome su aliento caliente como una llamarada en el oído.

—Mario, vamos de nuevo. Esta vez, *sacando* la voz —graficó Félix.

—Que yo sea rengo nunca fue un problema para mí. Pero causaba estragos en los demás.

—¡Tampoco gritar! —se quejó Ricardo, mirándome fijo.

—Bueno, déjenlo en paz —suplicó Rosana.

—Rosana tiene razón. Sin interrupciones —dictaminó Félix.

Mario tragó saliva, acomodándose en la silla.

—...Como éramos tres hermanos, a mi mamá se le ocurrió ponerles a los otros dos un zapato con más suela, para que renguearan como yo. Así lo mío no se notaba tanto. En clase, la maestra siguió el mismo método. Mis compañeros estaban obligados a traer plantillas incómodas en el pie derecho. A mi alrededor todos se balanceaban, mientras el odio se apoderaba de algunos. La farsa duró hasta que mi hermano Gerardo apareció con unas botas de taco aguja. Hubo una crisis. Mi otro hermano la remató. Se volvió hippie, por las sandalias.

—Perdón que interrumpa...

—No, no te perdono.

—Nadie se hace puto, o hippie, por los pies. Digo yo. Es una opinión.

—No usemos esas palabras, Ricardo. A ver, Violeta levantó la mano.

—Perdón, me voy.

—Violeta, el grupo es así. Hay libertad de opinión —aclaró Félix.

—A todos nos cuesta la sinceridad ajena —apuntó Rosana.

—No, lo siento. Me tengo que ir —repetí, mientras Compatible agarraba la cartera—. No encajo.

—Lo tuyo es negación, nena —se atrevió Ricardo.

—No estamos para juzgar. Cuando quieras volver, te esperamos —apuntó Félix, conciliador.

—¿Y que vos seas sepulturero, tiene alguna relación con tu mamá? —largó Rosana.

—Eso todavía no lo tengo elaborado. Además, soy vigilador —respondió Mario.

—Los temas familiares los metemos entre corchetes hasta el séptimo escalón —le escuché decir a Félix mientras iba hacia la puerta.

—Seamos ordenados con el sufrimiento. Ahí el pelado tiene razón.

—Gracias, Ricardo. Es la única manera de atacar el caos emocional. Con orden.

Salí corriendo por un pasillo despintado. Cuando estuve en la calle, un escalofrío me recorrió entera. Ella me abrochó el saco con ternura. Sus gestos definen. Me liberan de la ambigüedad.

La distancia me espera a la vuelta de la esquina.
La que fui, se fue. He llegado tarde a la cita.
El tiempo es una madriguera vacía.

Infinito

Compatible tiene necesidad de ternura. Cada vez que puede, se acaricia en mi barbilla o me toca un muslo. No tiene moral. Es extraño ser tocada por un vacío.

Su necesidad de ternura me recuerda a mí cuando era chica. Intentaba hacer reír a los demás para que no advirtieran mi volcán. Yo era el Etna.

Esta fibra nerviosa y feliz, esta mano que saluda sin permiso y toca todo, está increíblemente viva. Ella es lo único que quedó de un cuerpo que ya debe estar bajo tierra. Se salvó de la muerte conmigo y ahora se adapta a su nuevo departamento, pasa páginas de un libro o agarra la pelota de plástico blando para integrarse al mundo. Es decir, a mí. Es una sobreviviente. Somos perfectas juntas, nos ha unido la desgracia. El infinito brilla en sus uñas.

Me imagino que, si sigue así, podría ser inmortal y pasar de un cuerpo a otro burlando el tiempo. Una mano eterna atravesando la historia de la humanidad. Cuando muera, la voy a donar.

Yo vi la réplica de la manito de Chopin y no pude olvidarla. Pero era de yeso. Esta será la que señale el destino con el índice hacia el futuro.

No soy la única que se da cuenta de sus virtudes. El otro

día vino Rajado a verme y Ella no pudo contenerse. En seguida se las ingenió para tocarlo. Él, en lugar de esquivarla, la acepto como a un ser de otro mundo. Incluso la besó, dejándome afuera. Me dijo que le daba morbo y que sería capaz de amarme gracias a esa eventualidad.

Se refería a Ella.

Habilidades especiales

Me llamaron de Salud. Parece que me corresponde una mensualidad. Compatible se puso a palmotear mientras me dirigía al ministerio.

Completamos un formulario y me di cuenta de su truco. Se hacía la lenta para cobrar la pensión. La supervisora estaba fría cuando llegamos. Pero después de conocerla, se iluminó de cara.

Salí a la calle con un cheque y la promesa del depósito mensual por el término de un año. Sin embargo, las palabras de la supervisora se repetían en mi mente: Tráigala de vez en cuando. Sentí un poco de amargura por el sentimentalismo de los burócratas. Se derriten por cualquier cosa.

Por la tarde fuimos al hospital. Teníamos turno con Parra. Allí cambió de táctica. Quería demostrar su excelente estado. En cuanto entramos al consultorio, se estiró hasta el cirujano, que no pudo hacer otra cosa que besarla.

—Perdón, hace lo que quiere —suspiré.
—Y hace bien —respondió embelesado.

Compatible se desprendió ligera de las garras del especialista, dejándolo con un extravío nunca visto en un médico de su jerarquía.

El sol se colaba por la persiana y producía un clima casi familiar. Nos sentamos. Parra la miraba como un amante recién nacido. Y Ella, ausente del vínculo, me acomodaba el pelo o se distraía tocando la mesa de madera como si fuera un piano de cola.

—Su recuperación es increíble —admitió Parra sin quitarle el ojo—. Cómo se siente.

—Bien.

—¿Calambres?

—No.

—¿Sudores?

—Nada.

—¿Escozor?

—Menos.

—Puede empezar a bañarse sin protección.

Sentí un temblor en Compatible al escuchar la frase de Parra.

—Le tiene miedo al agua —dije sin pensar.

—¿Quién?

—Ella.

—No diga eso. La mano es suya, una parte nueva que debe adaptarse a usted. No personalice, no la excluya. Va muy bien. Es más, vamos a bajar la dosis.

—Está bien.

—Al mínimo inconveniente, me llama.

—Sí.

—No importa la hora. ¿Me entiende? —concluyó, tomándola entre sus manos gorditas.

Recorrió las venas desde los dedos hasta la muñeca mientras ella giraba y se adecuaba a las caricias. Yo me sentía incómoda, como una turista de lo erótico. Pero no hice nada. Me quedé absorbida por la delicada coreografía amorosa del cirujano y la paciente. El viejo estereotipo encarnado por una Mano y su médico.

Dar de nuevo

Hoy salimos de compras. Digo salimos, porque Mano y yo aún no somos una. Por mucho que a Parra no le guste. Prefiero que sea así. De momento es más orgánico.

Compramos plantas para la casa y una regadera celeste. La pensión que consiguió, me sirve para vivir sin tanto apuro.

Ahora tengo que pensar de nuevo mi vida. Ella es menos mental y hace lo que siente. Cuando llegamos a casa marcó el número de Marité. Yo entendí y seguí la lógica.

—Renuncio —dije lentamente.

—Ok. Pero no te pierdas. Cuando puedas, nos encontramos en el local. Tengo algo que decirte.

Me quedé sorprendida de que Marité me dejara ir con tanta facilidad.

—¿Cómo está tu mamá? —dije por compromiso.

—Justo murió —respondió extrañada.

—¿Cuándo?

—No importa, ya está. No hablemos de lo que no existe. ¿Te espero mañana a las doce?

—Bueno.

—Necesito felicidad y hasta que no te vea, no voy a poder.

—Qué exagerada.

—¿Tu Miembro tiene uñas redondas?
—No le digas así.
Marité hizo un silencio corto.
—Mañana te digo.

Cuando terminé de hablar, apareció Damián recién duchado en la cocina. Mi Mano lo llamó con un gestito eficiente y él se acercó muy cariñoso. Me dio un beso en la mejilla.

—A fin de año, me voy a Córdoba.
—¿Sí?
—Extraño a papá.
—Está bien.
—Pensé que me ibas a decir de todo.
—No. Hay que hacer lo que uno siente.
—¿Estás saliendo con alguien?
—¡No!
—Ah, te llamó el Rajado ese. Consiguió otra sala de ensayo. Te dejé escrita una dirección al lado del teléfono. Me voy.

Cuando nos quedamos solas busqué el papel, pero Compatible lo embolló y lo tiró a la basura. Después vació el mate y la yerba cayó encima. Me hace reír con sus ideas.

Trasplantamos las hortensias mientras una brisa despeinaba a la palmera del fondo.

A veces siento un deseo impostergable de saber de quién fue esta Mano. Esta exquisita porción de misterio que me ha salvado.

Soy un invento de mi mano. ¿Afuera, es de día?

Julio

En torno a ella
Nuevos giros
Agua caliente
Bikini

En torno a ella

Recuerdo perfectamente el sueño de ayer porque me desperté con miedo en mitad de la noche. Compatible prendió la luz y agarró el lápiz y el anotador. Dibujó los ojos de una mujer. Eran claros, con pestañas enormes. Después soltó el lápiz y sentí un escalofrío. Pensé *Elizabeth* y me quedé dormida.

Esta mañana, lo primero que hice fue buscar la libreta. Pero los ojos no estaban. Me duché e intenté escribir algo. Al leer mis viejos apuntes y recordar los ensayos, me sentí inútil como una mandarina al sol. Inventando una seguidilla de estrategias para nada. Para nadie. Si la gente no va al teatro. Ni yo quiero ir. Me da miedo.

Al mediodía, enfilé para el local. Al abrir la puerta, se quedó trabada. El suelo había sido cubierto de diarios. Una radio encendida ocupaba todo el espacio. Un pintor de espaldas ponía yeso. Marité estaba pintando la puerta del baño. Me acordé del accidente y me miré la Mano. Sonreí justo cuando Marité me miró. En cuanto me acerqué, se lanzó hacia mí como un torpedo.

—¡Viniste! Ahora que no importa, llegás puntual.

—Qué bien, estás renovando.

—¿A ver?

—Qué.

—La Novedad.

—Acabo de entrar...

—Bueno, perdón. ¿Te gusta el color? ¿No es muy verde?

—Es alegre.

—La quiero ver.

—Qué obsesiva.

—Estoy mal. Necesito verte el Injerto. Me voy a volver loca.

—No le digas así. Y no te preocupes. Estoy perfecta.

—No es eso....

—¿Qué es?

—Mi mamá. Murió esa semana.

—Cuál.

—La de tu Trasplante.

La miré confundida. Se le llenaron los ojos de lágrimas.

—Tengo un pálpito horrible. Mamá era donante.

Me abrazó desesperada. Se había pegado a mí como una sopapa ardiente. Le latía el corazón en mi cuerpo.

—Pero ¿cuántos años tenía tu mamá? —le pregunté sin soltarla.

—Un montón, estaba hecha una pasa. Pero tenía manos de adolescente.

Pisando la palabra adolescente, Compatible abandonó el bolsillo con elegancia y desprendió a la otra con un movimiento gracioso. Cuando la tuvo enfrente, se mostró con arrogancia.

—¡Es divina! —exclamó Marité, víctima de su encanto.

Y me abrazó en un ataque de histeria o sinrazón. Bufaba y reía, se atragantaba. Compatible le dio unas palmaditas solidarias en la espalda.

—Qué alivio —dijo un poco más calmada—. Te invito a almorzar.

—Estás rematadamente loca.

—Ni que lo diga —confirmó el pintor sin abandonar su actividad.

—Ricardo, vuelvo en dos horas. Y no opine, si no oye un carajo.

Mano la agarró con decisión del brazo y salimos a la calle. Me pareció que el pintor era el *Injertado* de aliento fuerte. No tenía ganas de saludarlo.

En el restaurante de la esquina, Marité me contó sus planes.

—Voy a cambiar de rubro. Todo lo que pasó me dejó pensando...

—¿Tu mamá?

—No, lo tuyo... Las prótesis son el futuro. Desde que te operaron empecé a ver un montón de gente con problemas por la calle. Muletas, sillas, zapatos ortopédicos. Hay tanto accidente. Pero quiero darle vida al tema. Estuve visitando locales y son de terror. Por eso el verde manzana. Ya estoy tramitando el permiso, voy a comprar productos importados por correo electrónico.

—Me suena medio raro. Hay que saber...

—Y bueno, se me ocurrió contratarte.

—¿A mí? Si yo no sé nada de eso. ¡Soy actriz!

—Pero si nunca te llaman.

—¿Y eso qué tiene que ver?

—Bueno, pensé que te hacía un favor... En tu estado...

—¡Por favor!

—¿Vas a volver a los *castings*?

—No sé, pero no voy a atender un negocio de prótesis. ¿Cómo se te ocurre? Primero tu mamá, ahora esto...

—Entonces, voy con el otro plan. Una sala para fumar. Un *fumoir*, que le dicen. Con buena ventilación y tabaco importado. ¿Qué te parece?

Compatible sacó la billetera y tiró un billete sobre la mesa. Me retiré ofendida. La dejamos sin habla a Marité. Caminamos con decisión hasta la calle.

Mientras caminaba de regreso a casa, decidí que no volvería a ver a mis viejos conocidos. Mi vida antigua era un asco. El encuentro me había dejado furiosa. Marité, Parisi, Rajado, los ensayos. Todo sería sepultado. Aquella vida miserable me había conducido al hospital. La gente te conduce al hospital. Nadie te da una mano. A mí me dieron una. Y no me importa nadie más. Será mi brújula en la oscuridad.

Voy a dejarme guiar por esta fulgurante desconocida.

Estás tirando palabras en el suelo para que siga tu rastro.
Tus pequeñas fieras comestibles saben a misterio.

Nuevos giros

Hoy acompañé a Damián al colegio. Como cuando era chico. Compramos manzanas y lo dejé en la puerta. De regreso, se nubló y pensé que llovería. Compatible señaló un kiosco de diarios. Una tormenta fugaz se desprendió del cielo. Me refugié en el toldito que Ella había sugerido. Es obvio que me cuida, sabe más que yo, va a salvarme.

Pero no quería refugio, tenía otra cosa en mente. Agarró una revista con decisión, pasó un par de páginas y se detuvo frente a una nota. Osvaldo Vitale se recupera. Compré el ejemplar y me fui directa a casa.

Por unos minutos supuse que aquello tendría alguna relación con su pasado. Pero cuando empecé a leer, entendí otra cosa.

Osvaldo Vitale estuvo a punto de morir, pero se salvó. Y lo ascendieron. Era el nuevo gerente de programación de *TeleFiction*, el mayor canal de series en castellano, producido por anglosajones. La nota era mediocre y él prometía lo mismo que todos: *nuevos contenidos, nuevas figuras, nuevos giros*.

Mano señaló *nuevas figuras* y después fuimos al baño. Prendió la luz del espejo, me apartó el pelo. Me miré. Yo era un desastre. Mi pelo parecía la paleta de un pintor demente. Raíces negras, mechones cobrizos, puntas doradas. Pensé que tal vez, debería teñirme bien de rubia, pero Ella agarró la tijera y cortó, despejando la nuca. Me hizo un corte asimétrico con flequillo sobre las cejas. Acentuó lo que yo intentaba ocultar desde el principio. Que tengo cara de mala.

Y parece que ahora, la maldad vende.

Después tomamos un té mientras golpeaba ansiosa sus dedos sobre la mesita. ¿Habrá sido pianista? Por la tarde no pude más y busqué en Internet. Elizabeth + pianista. Como no encontré nada, busqué peluquera + accidente. Tampoco.

Decidí concentrarme en mí. Y en Osvaldo Vitale.

Preparé mi currículum. Compatible lo corrigió. Después me saqué una foto en la casa de la vecina, que tiene cámara digital. Armé una carpetita. Más tarde no pude con tanta prolijidad. Y lo llamé a Rajado.

Tuvimos sexo en la cocina aunque no sentí nada. Es tan egoísta que ni se dio cuenta de que su pene brillaba de ausencia. Se subió los pantalones y salimos a beber. No soltaba mi Mano, como un novio inseguro o fugaz.

Me llevó al *Improvisado*, un antro para actores o borrachos, que queda cerca de Parisi. Yo hubiera preferido ir a otro lugar. Y cuando entré confirmé mis dudas. En una mesa redonda estaba Fermento Mur, rodeado de fanáticos. Rajado no pudo con su genio y fue a lustrarle el ego, como un actorcete frustrado.

Yo me escondí en la barra. Pedí ron. Las voces y las risotadas a mis espaldas producían una musiquita triste en el corazón.

Entonces, vi algo increíble. Había un florero de espejos frente a mí, donde se depositaban las propinas. Compatible señaló un cuadrado. Allí, enmarcado y solitario, del otro lado del círculo de billetes, bebía su angustia el señor Vitale.

Me quedé paralizada. El corazón agitado. Una carrera de pensamientos ridículos se cruzó veloz por mi cabeza: Qué hago, me repetí como una mosca a cuerda. Ella me llevó al baño. Retocó mis cejas, avivó mejillas. Volví con los labios rojos. Vitale estaba pagando.

—Soy actriz —dije sin pensar.

Él me dirigió una mirada glacial. Compatible se apoyó con sutileza en su brazo, fingiendo pérdida de equilibrio.

—Entonces, llame —respondió con lentitud alcohólica.

Y me extendió su tarjeta. Guardé sus datos en mi cartera, mientras él se retiraba.

—Qué hace —preguntó de espaldas—. Llame el taxi.

Me dio su celular y salió confiado hacia la calle. Miré la tarjeta y observé con rubor que no tenía su número sino el de un conocido radio taxi. Compatible marcó eficiente, sin darme tiempo a reaccionar de otra manera. ¿Habrá sido secretaria?

Al cabo de un rato, estaba con mi objetivo, rumbo a su lujoso departamento. Y sin currículum.

Cuando llegamos, Ella lo ayudó a abrir la puerta del edificio pero yo me resistí a entrar. Vitale arrastró los pies hasta los ascensores dorados. Parecía haberse olvidado de mí.

—Hasta mañana —gruñó. Y desapareció tras la puerta automática.

Regresé a mi casa, sintiéndome algo imbécil. Tuve que tomar dos colectivos.

Empezaba a amanecer cuando llegué. Damián se estaba levantando. Desayuné con él sin contarle nada. Después me metí en la cama y recordé que había abandonado a

Rajado en el bar sin decir palabra. También repasé otros episodios, todos ridículos, relacionados con mi actividad actoral. Me agarró tal ataque de risa que tuve que levantarme, doblada de dolor.

> *Botella de odio, que no he de beber.*
> *Cerca de mi boca te pones negra.*
> *Te inclino como un vapor mortal que*
> *no puede aniquilarme.*

Agua caliente

Soñé con Osvaldo. Y fue un sueño violento. Estábamos en el mar. Él se reía o hacía burbujas, sin ahogarse. Flotaban ligeramente sus pelos, modificándole el peinado. Se movía su mechón de un lado a otro como una bandera líquida. De pronto, comenzaba a empujarme hacia abajo haciéndose el gracioso y yo, para desprenderme de sus manos que me hundían, perdía el vestido entre manotazos salvajes. Compatible se había enredado en la cabeza del gerente como un pulpo negro. Yo quería nadar, pero el agua empezaba a desaparecer. Quedé pataleando contra una bañera casi vacía, mientras él era absorbido por la cañería sin soltar mi vestido, del que tiraba con obstinación. Pegué una patada que retumbó en todo el baño y Osvaldo fue succionado con rapidez. Ahora sólo le quedaba una mano afuera del desagüe. Lo golpeé con el cepillo para la espalda hasta que desapareció por la cañería y pude poner el tapón.

Una especie de eructo prehistórico fue todo lo que quedó de él. Salí de la bañera llorando y me resbalé en la cerámica mojada.

El golpe en la nuca me hizo despertar. Mano temblaba. Sonó el teléfono. Estaba alterada y medio dormida así que ni me moví. Atendió el contestador.

—Hola, es un mensaje para... Soy Vitale. Anoche me dejó su número, sin su nombre.

No recordaba haberle dado mi número. Seguramente, Alguien lo había hecho sin que me diera cuenta. Atendí algo molesta.

—Me llamo Violeta.

—Ah, lindo. ¿Tiene zapatillas?

—Sí, o no. ¿Por?

—La paso a buscar en media hora. Tengo un barquito, así que va a necesitar zapatillas.

—Para qué.

—Para no caerse al agua. Cuál es la dirección.

—No navego con cualquiera.

—Voy con mi asistente. ¿No me dijo que era actriz? Estoy armando un elenco.

—Sí, pero no sé... ¿No sería mejor en su oficina?

—Hacemos unas fotos, comemos algo. A las seis de la tarde está de vuelta. Si no tiene zapatillas, vamos a comprar unas. ¿Cuánto calza?

—37.

—¿Su dirección?

Mientras me arreglaba para salir, no pude disimular la mueca de mis labios rojos.

—Estos jueguitos son patéticos. Pero es el gerente o la ortopedia.

Compatible estaba rara. Tensa y poco colaboradora. Me pareció extraño porque Ella había armado la jugada.

—Ahora —le dije con maldad— vas a estar rodeada de agua por todos lados.

Vitale llegó más tarde de lo que había prometido. Y sin su asistente.

Me puse las zapatillas en el mismo taxi de la noche anterior.

Fuimos hasta el puerto en silencio. Habló más de cinco veces por teléfono. Su hiperverbalidad daba náuseas. Tenía ganas de bajarme en cada semáforo.

Al llegar al muelle, el auto se detuvo y vi a una especie de enana haciéndonos señas.

—Anita —se presentó.

—Violeta —respondí, aliviada por su presencia. Aunque fuera tan breve.

Vitale quedó retrasado otra vez por culpa de su celular. El taxista bajó un bolso gris y lo cargó hasta la entrada. Allí un empleado se lo puso a la espalda y se dirigió silbando hacia el bote. Nosotras lo seguimos.

Cuando por fin llegamos junto a la embarcación del gerente, descubrí algo que casi me mata de miedo: En enormes letras rojas leí un nombre en el casco, ELIZABETH.

Compatible se metió en el bolsillo como una rata bajo amenaza de muerte. Tendría que haber corrido aprovechando las zapatillas. Pero quería quedarme. Debía saber de qué se trataba ese triángulo que formaban Vitale, mi mano y la muerte. ¿O sería un círculo?

—¿Algo fresco? —preguntó la enana, sacándome de mis cavilaciones.

—¿Quién era Elizabeth? —disparé sin más.

En ese momento, Vitale hizo sonar una campana que estaba a mis espaldas. Me quedé sorda un instante. Anita salió corriendo y apareció con una gorra de capitán que entregó a su jefe.

—¡Leven anclas! —vociferó él, mientras la otra ponía en marcha el motor y abandonábamos el muelle.

Bikini

Llegando a Tigre, Anita tomó por un canal solitario que salía del principal a la izquierda. Nos internamos por el agua oscura, mientras una multitud de loros producía un bullicio inquietante. Vitale se había puesto un pantalón de campo, pañuelo y gafas verdes. En cuanto subió a Elizabeth enmudeció. Apagó el celular y se quedó como perdido. Apabullado por la naturaleza y el calor sofocante.

Yo estaba con los sentidos afilados, alerta. No perdía de vista los movimientos de mis acompañantes. De vez en cuando desviaba la mirada, atraída por la maleza o las construcciones abandonadas, pero retomaba la vigilancia intentando parecer natural. Sin embargo, ninguno de los dos me prestaba atención. La enana sonreía con la vista al frente y Vitale continuaba abstraído.

El paisaje se llenó de penumbra por la excesiva vegetación. Anita apagó el motor y comenzamos a fluctuar con la corriente. Lentamente nos dirigimos hasta un muelle despintado, donde la enana amarró la embarcación.

Vitale transpiraba. Su asistente descorchó un vino rosado, preparó frutas y quesos. Cubrió la proa con un mosquitero.

Después, sirvió tres copas. Él aprobó el vino y con mirada insondable silabeó un inesperado brindis.

—Por mi culpa, por mi gran culpa, por mi grandísima culpa.

Yo imité el silencio de la enana, que se limitó a alzar su copa, solemne. Algo lo carcomía.

Después de beber, Vitale arrojó hacia atrás la copa, que se estrelló contra el borde. La enana hizo lo mismo, como parte de un ritual plenamente asimilado. La suya se hundió en el agua. Después me miraron, esperando que los imitara, pero Compatible se aferró al cristal, no quería soltarlo.

—La copa —dijo la enana, mientras hacía un gesto con la cabeza que *representaba* el movimiento que yo debía hacer con el brazo.

Vitale me miró con gravedad. Yo lo intenté con fuerza, pero Ella se negaba.

—No puedo —denuncié.

—Hay que abrir la mano —se burló Anita.

—Se me agarrotó.

La enana abandonó su asiento y se acercó hacia mí, dispuesta a arrancármela. Vitale la detuvo.

—No importa.

Sentí la violencia que se había generado en mi Mano. Si Anita se hubiera acercado más, le habría estrellado la copa en la cara. La imagen sangrienta de esa posibilidad relampagueó en mi cabeza por un instante.

La enana era turbia. Y cómplice del gerente. Su arma de bolsillo.

—Nunca hago negocios con extraños —informó Vitale masticando una uva—. Necesito tutearla. ¿Puedo?

—Sí —respondí amigable.

Compatible dejó la copa en la mesita y yo regresé a mí. Es decir, los hechos me habían alejado de mi propósito

111

inicial: conseguir trabajo. Me estaba dejando llevar por un supuesto. Por una *ilusión* exagerada, percibida por el miedo. Tal vez, todo era un gran malentendido. Las manos no tienen memoria. ¿O sí?

—Supongo que tu sueño sería hacer Shakespeare en el San Martín —afirmó rotundo.

La enana me miró para certificar reacciones.

—Pero para elegir, primero hay que hacer mierda en televisión —se sinceró el gerente.

Anita aprobó la ironía con una risita asordinada, a juego con su estatura.

—La tele es un serpentario. Una mujer decente, no dura ni un minuto —remató Vitale.

—¿Todavía tenés principios? —aventuró la asistente.

—Algo queda —respondí ofendida.

—Voy a ser tu padrino, si estás de acuerdo. Anita, las fotos.

—Sí, Osvaldo —respondió como una cerda a pilas.

Del bolso gris extrajo una sombrilla plegable de aluminio, una cámara profesional, trípode y un banquito.

—Andá a retocarte. Hay un pequeño camarote abajo. Despertá a la maquilladora —ordenó.

—¿A quién? —dudé.

Al bajar, encontré a una jovencita dormida sobre un sillón de peluquero, demasiado grande para las dimensiones del camarote. En cuanto le puse la mano en el hombro, se despertó con un sobresalto.

—¡Ah!, pensé que era Oswald...

—Hola.

—¿Tigre, verdad?

—Sí.

—Entonces, ocres.

Se levantó y me hizo un gesto para que me sentara en su lugar.

—Qué buena estructura ósea —dijo sin mirarme.

Y prendió un cigarrillo, la radio y un ventilador, casi al mismo tiempo. Después se concentró en su labor, indicándome que abriera o cerrara un Ojo, el Otro, la Boca, para Arriba, para Abajo, Pómulos, Barbilla. Tarareaba canciones espantosas y pitaba su cigarrillo, mientras se quejaba del calor.

—Lista —sentenció de pronto y apagó el Equipo, el Aire, el Humo, movió el sillón para que me levantara, se sentó y cerró los ojos.

Gracias —dije, aunque era obvio que ya no me escuchaba.

Cuando aparecí en cubierta, Vitale no estaba. La enana se había puesto un chaleco beige y unos anteojos. Pasaba un pañito al teleobjetivo.

—¿Y la bikini? —preguntó amarga.

—Qué bikini.

—No pensarás meterte al agua con ropa, ¿no?

—No, no me pienso meter al agua. Nadie habló de agua. No sé nadar.

—¡Otra! —se quejó la enana—. Bueno, no sé. La bikini es Obligatoria. Está en el toilette. Mientras te cambias, armo en el muelle. ¡Actrices!

—¿Y Vitale? —deslicé.

—Dale que se me va la luz.

Cuando regresé, Osvaldo estaba recostado junto al muelle sobre una manta. Me hizo una seña para que me acercara. Anita había desaparecido.

—Lo que me gusta de vos, es que te resplandece el in-consciente —dijo casi sin respirar.

—¿Cómo? —suspiré.

—Se te ve la tragedia.

—¿Estoy mal depilada? —ironicé.

No respondió nada.

—¿Y Anita? —pregunté incómoda.

—Entre los arbustos. No me gusta que la cámara obnu-bile a los actores.

—Qué se supone que tengo que hacer.

—Confiar. Estás a la defensiva. Ya somos grandes... Nadie te va a obligar a hacer nada. Sólo quiero mirarte.

—No me siento bien, tan expuesta.

—¡La eterna controversia del *actor*!

—Pero no estoy actuando.

—¿Ah no? ¿Y qué estás haciendo?

—No sé. Aguantar.

Vitale se rió abiertamente.

—Tu inteligencia no nos conviene.

—Quién era Elizabeth —disparé sin pensar.

Él me miró, sorprendido.

—Una reina —dijo.

—¡Más abajo! —vociferó la enana desde su escondi-te—. Estás fuera de foco, Violeta. Un poco más cerca de Osvaldo.

Me acerqué a él, adueñándome de la *escena*. Al fin y al cabo, él estaba tirado a mis pies.

—Y qué le pasó.

Vitale sonrió, conmovido.

—Bien, ahí quietos —ordenó Anita.

Mano se enredó en la pelambre del gerente.

—Qué le hiciste —susurré en su oreja.

—Me estás enterneciendo —deslizó.

—¿La ahogaste? —murmuré sinuosa. Y lo agarré del cuello.

Compatible apretó cada vez más fuerte, pero él disfrutaba el dolor en una especie de éxtasis retardado. Sentía su sangre bombeando bajo mis dedos, acelerada.

—¡Besalo! —gritó la enana desde lejos.

Pero Vitale se había desmayado de placer y yo lo solté asqueada.

—Muy bueno —dijo, volviendo en sí—. Me gusta tu estilo. Vamos a hacer grandes cosas juntos.

La asistente apareció con el equipo a cuestas.

—Listo, terminamos.

Me fui a cambiar avergonzada. Sin entender lo que había vivido. No podía mirarlos a la cara. Me sentía una imbécil fuera de lugar. Por suerte, regresamos en silencio.

El ruido del bote sobre el agua negra me hizo sentir la protagonista de una fábula tremenda. Vitale se internó en sí mismo, con la misma facilidad que a la ida. La enana nos condujo a la normalidad, es decir al puerto. En cuanto amarramos, el gerente abandonó la embarcación y desapareció en el taxi. Anita me extendió un contrato. Lo firmé.

—El lunes a las 9, en el canal —sentenció mientras regresaba a bordo.

Regresé en colectivo. El sol me había pegado fuerte. Y tenía un *papel*, pero pensaba en otra cosa. En cuanto llegué a casa, construí una hipótesis de *trama* en mi cuaderno.

Hipótesis 1

Elizabeth se ahogó.

Vitale la empujó, o la dejó morir. Bautizó con su nombre el bote.

Ella volvió para vengarse. Y me necesita.

Agosto

TeleFiction
¿Es ella?
Máscaras mudas
Pintura fresca
Escena de cama
Con Parra

TeleFiction

Ayer, en cuanto entré al edificio me di cuenta de que Elizabeth conocía las instalaciones. A pesar del laberinto de pasillos y jovencitos acelerados, se dirigió resuelta hacia la oficina 36, donde funciona la producción del *unitario*.

Fui contratada para una serie de 13 capítulos, titulada *El artificio*.

Mi personaje se llama *amiga*. O sea, no tiene nombre. Aparece en el capítulo dos, escenas 8, 11 y 45. Después, desaparece sin aviso hasta el capítulo siete. Donde por fin, habla. En el capítulo nueve tiene un romance con el marido de la *protagonista*. Así que tengo una escena de cama con un sexagenario, ex galán, enfermo del intestino. Obviamente, me retiran la palabra y no me perdonan hasta el último capítulo. Pero me mencionan en varias secuencias. Resulta que al final me llamo Romina. En la escena 20 del capítulo trece, muero atropellada. Tengo *cámara* en el entierro, a cajón abierto. Ahí me tienen compasión. Y la protagonista llora de costado, mi trágico final. Una cagada.

El *camarín* compartido que me adjudicaron es del tamaño de una arveja. Tiene un espejo, dos sillas y una especie de camita diminuta, que no llega al metro. No hay ventana,

119

sólo luz artificial. Se comunica con un pasillo blanco lleno de puertas numeradas. Me pregunto por cuál aparecerá el conejo.

Mi compañera de celda no coincide en ningún capítulo conmigo. Así que estuve sola todo el día. Preguntándome de nuevo, qué hago acá. Llevo esa duda como una mochila desde que pisé el primer estudio de actuación. Y han pasado quince años.

Estoy agotada. Si bien sólo grabé las escenas 8 y 11, tuve que esperar cuatro horas entre una y otra.

A las cinco de la tarde, me vinieron a buscar para la 8. Me habían citado a las doce. Estaba profundamente dormida, encogida en la camita. Soñé que Elizabeth escribía una carta con mi mano, mientras yo tocaba a Vitale con la suya. Lo agarraba del brote de soja y él eyaculaba con desesperación. Fue feo. Tuve que ir a maquillaje de nuevo. Se me había corrido la pintura.

Cuando llegué al decorado, me senté en la marca equivocada. El asistente, un pelirrojo con mirada criminal, me lanzó un grito agudo. Ella lo llamó a silencio con un gesto perfecto: le mostró el dedo del medio. Se armó un pequeño revuelo. Por suerte, uno de los sonidistas resultó ser Félix, el coordinador *Injertado*. Se acercó con discreción y me pasó una petaca con tequila. Yo no tuve tiempo de agradecerle, pero tomé lo suficiente como para sortear las indicaciones, oculta en un falso baño. Quedamos en vernos más tarde, en el bar.

—Hay que encontrarle la vuelta —sentenció mientras hacía un gestito de borrachín mareado.

Cuando terminé la escena, pensé en buscar indicios para pasar el rato y no volver al camarín.

Elizabeth se metió en el ascensor, marcó sin dudar el último piso.

Aparecí en el penthouse, una enorme sala ocupada por una mesa de caoba sobre la que pendía una lámpara de caireles. No había sillas. Los ventanales daban sobre la avenida. Pero no se escuchaban ruidos. Eran herméticos. Una puerta entreabierta a la derecha decía DIRECCIÓN, con letras doradas. Golpeé suavemente. Nadie respondió. Entré sin pensar. La oficina tenía la persiana baja. Era inmensa. Sobre el escritorio había una foto de familia. Un gordo con bigote rubio sonreía sin convicción junto a su mujer y una adolescente desgarbada. A sus espaldas, varios árboles y una laguna verdosa. En el cielo, nubes negras. Yo estaba por revisar unos papeles, cuando Elizabeth agarró la foto. Y señaló a la adolescente. Decidí llevármela. Regresé al camarín y la escondí debajo del colchoncito. Me cambié para la siguiente escena. Estaba fría como una muerta. Pero hice bien mi papel de bulto en una boda patética.

A las nueve de la noche estaba libre. Y no pasé por el bar. Me fui derecha a casa. Helada de responsabilidad.

Enferma de toda realidad, nada me queda bien.
¿Sobra cuerpo o falta memoria?

¿Es ella?

Hoy no grabo. Suprimieron la escena 45. Así que aprovecho para develar incógnitas. Quiero ampliar la foto para ver si lo que *parece*, es. Voy a la casa de la vecina, que tiene scanner. Pero no hay manera, está mal el enchufe y regreso sin saber. Voy a la farmacia, donde hacen revelado. Pero no ampliaciones.

Así que termino comprando una lupa en la librería.

Vista más grande, la mano se parece mucho. Me entretengo en las uñas, falanges y falangetas. Comparo con el original. Mano se acaricia a sí misma, en un alarde de nostalgia. La cara de ella, devela escondites. Esta adolescente oculta algo. La miro y de pronto pienso que el carácter de mi Mano tal vez no sea producto de una inusual osadía. Se comporta como una chiquilina.

De inmediato, encuentro algo que desbarata mi teoría. La madre. Su mano derecha está oculta en un bolsillo. Pero la izquierda es idéntica a la Mía. De pronto, reconozco su manera. El estilo. Esa delicada mezcla de practicidad y elegancia que la caracteriza. Las venas hacen un dibujo idéntico.

El timbre me hizo dar un salto. Era la vecina que había conectado felizmente su equipo. Hicimos tres ampliaciones y volví a casa.

Ya no había dudas. Mi mano era la madre. Ahora me restaba averiguar su nombre y el vínculo con Vitale.

Encontré en Internet el nombre del director de TeleFiction: Mr. Morris. Pero nada de Elizabeth Morris. Leí cientos de páginas sobre él, aburrida y con dolor de cuello, sin encontrar conexiones. Hasta que decidí buscar imágenes y se me presentó una fotografía conmovedora: los Morris en el entierro de su hija Maureen. Junto al cura, reconocí a Osvaldo Vitale por sus gafas verdes.

Las dudas me asaltaron.

Entonces, la muerta era la Hija y no la Otra. ¿Se habrá ahogado? ¿Confundí el nombre del barco con la adolescente? Seguro que no tenía zapatillas. Lloré amargamente mirando la foto. Sin entender con claridad cuál de las dos era la dueña de mi mano.

A las diez de la noche sonó el teléfono.

—Soy Vitale.

—Yo no.

—Cómo te fue.

—Suprimieron la 45.

—No te preocupes. Conseguí que Romina no muera en el último capítulo.

—Era la mejor escena.

—Logré extender el contrato por cinco capítulos más. Romina se recupera y busca venganza.

—Ah, igual que Maureen...

La conversación se detuvo. La respiración del gerente era como la de un sapo sin aire.

—Qué dijiste.

—Nada.

—Quién te habló de Ella.

—Me contaron en el canal.

—Qué cosa.

—Que se murió.

Nueva respiración tediosa. Tos.

—Pobrecita. Es todo mentira.

—¿Y los Morris?

—Te llamé por otra cosa. Mañana a las nueve te paso a buscar. Tenemos una fiesta. ¿Tenés vestido?

—No.

—¿Tus medidas?

—Soy médium.

—Cómo médium. No me gusta jugar con esas cosas.

—Hablo de mi talle.

—Ah.

—¿Cómo se llama la mamá de Maureen?

Vitale me cortó en la mitad de la frase. Al rato, llamé a Parra. Le pedí turno. Quedamos para el lunes siguiente en su consultorio. Percibí su deseo en el tubo. No le pregunté nada, pero cuando lo vea tengo que averiguar la edad aproximada de Mano, para no alimentar sospechas sin fundamento. Y de paso, le pregunto por qué después de llorar, me arde. Necesito saber si es normal o psicológico.

Hoy tembló todo el día. No pude menos que consolarla. Le decía tranquila, Maureen. Nadie va a hacerte daño. Debe de estar nerviosa por el encuentro. Vitale la pone mal.

A mí me pasa otra cosa. Siento que esta Niña ha despertado la maldad en mí. Aquella antigua sensación de caos que creí dormir a base de someterme a humillaciones frente a mi ex, Marité, Parisi, el público o cuanto personaje se hubiera puesto en mi camino, real o ficticio, ha revivido.

124

El mal se ha animado por el espíritu de esta desconocida que me habita. Maureen es una llama que se enciende en mi muñeca, me toma del brazo y se extiende por mi cuerpo como una mecha insaciable. Vitale es el interruptor tenebroso. Tocándolo me oscurezco. Ella o yo, no importa. Vamos a subirle la fiebre hasta entibiar en borbotones negros su sangre.

Después un tajo frío.

Todo final no es más que un contraste de temperaturas.

¿Seré capaz?

La entrada del conflicto ha de ser oscura. En el momento en que uno piensa que es un asesino, alguien le pone un arma en la mano.

Máscaras mudas

Soñé con Vitale y con Maureen. También *aparecía* la Morris. Estábamos vestidos de época en un bosque y yo era un caballero del XIX. Un par de violinistas ardientes tocaba una polka. Maureen embarazada, se ocultaba tras una sombrillita. De pronto su madre, sin previo aviso, la empujaba por la pendiente verde. Cuando caía al suelo, la pateaba mucho y extraía de su panza un par de muñequitos, como esos que le compraba a Damián cuando era chico. Duritos y articulados. Yo frenaba a la maniática abuelita, porque los juguetes eran sus nietos, y la ataba a un ciprés. Después cubría a la pobre adolescente con mi capa y ponía a los niños en un plato de canapés. Vitale se hacía el distraído y se alisaba la pechera.

Lo obligué a tragarse a su descendencia.

Desperté llorando y anoté con prolijidad las nuevas hipótesis.

Hipótesis 2

Vitale forzó a **Maureen**. *Quedó preñada.*
Al enterarse de su estado, la señora Morris la tiró por la borda.

126

El gerente, al tanto.

Al mediodía, un cadete del canal me entregó una bolsa con el vestido que me enviaba Vitale. Ni siquiera era nuevo. Tenía una etiqueta que decía *Vestuario*. En la bolsa también encontré unas sandalias doradas. Las mismas que había usado en la *escena 11,* para la boda de la protagonista con el sexagenario. Y una notita: Me gustaría sacarte jugo como a una naranja, si estás de acuerdo.

Muñeca quemó la tarjeta, furiosa.

—Vamos a ver quién hace de cítrico —murmuré.

Después, enfilé para la casa de mi vecina, que hace depilación sin dolor. Almorcé con Damián. Fui a la peluquería.

A eso de las seis, me senté a respirar. Tenía la misma sensación de un día de *estreno.* Dolor de panza y deseo. Me estiré en el suelo.

Estaba segura de que en la fiesta, iba a encontrar nuevos datos fundamentales. Ya nada me importaba como vengar a Maureen.

Cuando llegó Vitale, no estaba lista. Mientras retocaba mis pestañas, recité a Shakespeare frente al espejo: "*...y los perros darían caza a tus miembros metamorfoseados, por importuno y descortés*".

Tito Andrónico esperaba en el taxi, vestido de gerente.

Cuando me vio, arqueó las cejas.

—No me gusta el oro falso.

—"*Me asombra que la mirada de un hombre pueda ocultar tanta crueldad y barbarie*" —respondí volviendo a William con aires de fragmento.

—Dale, no me jodas. Sacate eso de las orejas.

No volvimos a hablar. Como siempre, Vitale se abstraía en los viajes. O era el teléfono, o eran los desajustes de su mente que se detenía cuando él estaba en movimiento. Me agarró la Mano y la colocó en su entrepierna.

Así viajamos hacia zona norte. Yo no hice ningún gesto. Sentía su palpitación muy lejos, como un latidito de ave a la distancia. Ella aceptó el reto, porque seguro que tenía confianza con ese sector del gerente. Parecía una incubación. O una terapia. Él no pretendía nada, sólo que mantuviera el nido caliente, pero aquello ni crecía ni se estiraba. Se mantuvo en sus parámetros normales. No hubiera soportado un orgasmo, Ella tampoco.

Sólo cuando el vehículo se detuvo, me dirigió la palabra.

—No hables de más. Y ni se te ocurra mencionar a su hija. Todavía están sensibles.

Me enloquecí al entender que estábamos frente a la casa de los Morris. Era un inmenso chalet de ladrillos semioculto detrás de un muro de hierro y vegetación. Sobre la hierba perfecta de la vereda había una fila de autos importados de distintos modelos. Parecía un muestrario de ostentación.

Una empleada de uniforme celeste, nos abrió la puerta. Varios galgos deambulaban a su aire por el jardín. Maureen chasqueó los dedos y en seguida se acercaron tres de ellos. Evidentemente, la habían reconocido. La lamieron. El gerente los esquivó, entre gruñidos. Un espantoso solo de guitarra con acople incluido proveniente de la casa, los hizo huir hacia el fondo.

El señor Morris había montado una especie de escenario en el espantoso living de su lujosa madriguera. Y frente a los invitados, intentaba un complicado riff con una Fender Blue que le colgaba sobre la barriga. Tenía los dedos demasiado rollizos y torpes para semejante empresa, pero todos vitoreaban y aplaudían, aullaban al compás de sus pifiadas. Cuando por fin, tras disonantes ruleros, dio por terminada la masacre, tiró la púa a la concurrencia. Nadie se movió para levantarla. Le guiñó un ojo a Vitale, y le entregó la guitarra a la empleada celeste con recomendaciones inaudibles y gesto de pasar un pañito sobre el mango.

El gerente se lanzó de cabeza sobre el solista, olvidándose de mí. Ni siquiera amagó con presentarme. Un grupo de señoras locuaces cacareaba en los sillones de cuero. Una barra profesional con empleado a juego, escupía sus cocteles a la sección masculina de la fiesta. Camareras contratadas ofrecían canapés. Acepté unos cuantos para comprobar si no eran muñequitos abortados, como en el sueño. Pero no, puro caviar, o salmón ahumado.

—Qué sorpresa —escuché a mis espaldas.

Al girar, una camarera me miraba con sonrisa torcida. Era Rosana, la *injertada* compulsiva que se había operado los pómulos.

—Qué alegría, alguien normal —contesté con sinceridad, a pesar de que ella parecía un patito de goma.

—Estaba segura de que íbamos a vernos de nuevo.

—¿Sí? Yo pensé que no.

—¿Probaste el ciervo? Es riquísimo, pero da pena. Sabe a Bambi. ¿Cómo caíste acá?

—Vine con ese —y señalé a Vitale.

—¿El viejo?

—El mismo.

—¿Tiene plata?

—Supongo. Pero no estoy por eso.

—¿Ah, no? ¿Y entonces?

—Es complejo.

—Yo pensé que era gay.

La conversación se interrumpió, como la luz del living. Un frenético *que los cumplas feliz* golpeó nuestras orejas mientras una inmensa torta iluminada se acercaba hacia nosotras y giraba dudosa, buscando al destinatario en la oscuridad.

—*¡¡...que los cumplas Ludovica, que los cumplas feliz!!* —desafinaron los invitados, al compás de la grabación.

Por fin la torta había encontrado a la tal Ludovica. Que no era otra que la señora Morris. De un soplo firme, apagó la vela.

Por casualidad, o no, mientras pedía su deseo, sus ojos se clavaron en mí. Fue un instante. Ni siquiera sé si me enfocó, pero bastó para que Maureen temblara. Y yo, con ella. Tenía los ojos vibrantes como un demonio.

Cuando volvió la luz, Rosana había desaparecido. Vitale me agarró de la Muñeca y me llevó a saludar a la señora.

En cuanto me vio, interrogó al gerente con la mirada.

—Una amiga —contestó baboso.

—Ah —respondió la Morris sin interés.

—Feliz cumpleaños —acoté sin convicción.

Ella me empató con una sonrisa vacía y en seguida se las ingenió para darme la espalda. Tuve que frenar a Muñeca en la mitad de un movimiento hacia el hombro frío de su madre.

Decidí buscar a Rosana en la cocina, pero me sorprendí a mí misma subiendo por la escalera de mármol hacia los dormitorios.

Los estados simultáneos no son recomendables.

Pintura fresca

Todas las puertas que daban al pasillo estaban abiertas, salvo una. Ella no dudó, nunca duda. Al entrar, el dormitorio olía a pintura fresca. En el centro, había una montaña de objetos cubierta por un plástico transparente. Un detalle me llamó la atención. En la ventana había quedado la huella de un nombre contra el vidrio: Maureen. Toqué el pegote con nostalgia.

—¿Se perdió, señora?

La empleada celeste me espiaba desde la puerta.

—Me duele la cabeza, por eso me escondo —contesté.

Me toqué la sien para completar la imagen.

—Venga conmigo —sugirió la otra.

Caminamos hasta el final. Una escalera más estrecha que la principal subía hacia otro piso.

—No diga que la traje.

—Gracias.

—Cuando se sienta mejor, salga por esta puertita que da al jardín trasero. Camine bordeando la piscina y doble por el camino de las camelias. Si quiere vomitar, ahí hay un baño.

—Señorita, disculpe la pregunta. ¿Usted conocía a la hija de los Morris?

La mirada se le puso negra. Se acomodó la trenza.

—Pobrecita. ¿Usted es periodista?

—No, simple curiosidad.

—Mire, no sé. Pero para mí, ya que me lo pregunta, la Maureen se suicidó. A mí eso de la caída, no me convence.

—¿Se cayó por la borda?

—Discúlpeme, me suena el teléfono—. Y sacó del bolsillo un pequeño aparato.

—Sí, señor, ahí le llevo la Les Paul del 68 y la púa heavy. Permiso.

Dio media vuelta y se fue, dejándome como loca. Caminé en círculos por el cuartito, como una fiera. Estaba por bajar, cuando resolví volver a la montaña de objetos. Quería revolver, armar lío, hacer explotar los recuerdos de los infames progenitores de mi pobre Mano. Pero desde la puerta divisé una escena que se desarrollaba junto a la escalera principal. Me heló la sangre. Vitale era manoseado por Ludovica Morris.

Qué claro estaba todo. Los dos asesinos se toqueteaban en secreto, a escasos metros del dormitorio todavía caliente, aunque estuviera recién pintado. Seguro que Maureen los descubrió. Ella, que también se había dejado tocar por el gerente. La que llevaba un vitalito en el vientre.

Y el señor Morris, en su luna musical, ni siquiera sospechaba que sus cuernos llegaban hasta el primer piso, doblaban por el pasillo y se golpeaban contra las puertas de roble.

A nadie le importaba la niña donante. O sea, a nadie le importo. Esta gentuza se engorda con las penurias ajenas como larvas inmundas.

Bajé enfurecida hacia el jardín. Si en ese momento hubiera tenido una tribuna o una escopeta habría causado un desastre.

Bordeando la pileta me encontré con la operada de Rosana. Se había recostado en una hamaca. Fumaba.

—¿Dónde te habías metido?

—Me perdí en este laberinto de mierda.

—¿Porro?

—Dale.

Pegué una pitada tenaz que me llenó el pulmón de nuevos sentidos.

—Nunca supe cuál era tu injerto —disparó Rosana.

Le mostré a Maureen. Ella se puso rara. Se habrá sentido vulgar al mirarla. Al fin y al cabo, estaba junto a una Morris. Se movía como un pájaro de plata.

—Me quiero ir. No soporto este lugar —dije casi sin aire.

—Te pusieron una mano increíble.

—Lo sé.

—¿Estás con auto?

—No, con Vitale.

Nos reímos como idiotas.

—Entonces te llevo. Ya se comieron todo.

—Qué cerdos.

Regresamos de San Isidro en moto, por la Panamericana. Recuerdo el zumbido de los autos y la paranoia de lastimar a la pobre Adolescente que colgaba de mi muñeca. Se aferraba a la cintura sin costillas de Rosana.

No le avisé a Vitale que me iba. Es más, decidí que si volvía a verlo sería para terminar con su vida.

Así de radical. Burgués de guillotina.

134

Escena de cama

Estaba tan desbordada por mi propia construcción, que me había olvidado de *El artificio*. Y de depilarme. Tenía que estar a las nueve. En cuanto llegué a Maquillaje, me sentaron en una especie de camilla y me dieron una maquinita de afeitar con cara de asco.

Había dos mujeres a cargo, las dos viejísimas y artificiales. Una flaca y la otra no. Un pequeño televisor encendido estaba clavado en la señal de TeleFiction, sin volumen.

Cuando terminé con las axilas, entró el sexagenario con el que tenía que grabar, procedente de Vestuario. Le habían dado una robe con olor a naftalina y unas pantuflas de seda que acentuaban la delgadez de sus tobillos, exageradamente huesudos y blanquecinos. No me vio, y después de bromear sobre sus virtudes amatorias, se desmoronó en la silla y no volvió a abrir la boca.

—¿Y nena? ¿Terminaste? —disparó la flaca sin mirarme.

—Me falta una pierna.

—Hay que venir lista de casa.

—Tuve un inconveniente.

—No te podemos esperar más, linda. Si no, los asistentes nos estrangulan. Te maquillo y después te vas a Vestuario. Yo me tengo que ir a matar el brillo de cinco extras.

La otra batía los cuatro pelos del viejito, a golpes de secador, spray y oficio, mientras asentía con la cabeza. Le había pintado la cara con una base rosada, así que le faltaba la mortaja y los llantos de la familia, para enterrarlo sin más trámite. Pensar que debía acostarme con el fiambre y actuar felicidad o lujuria. Qué profesión.

Cuando me terminaron la última pestaña, corrí a Vestuario y regresé justo cuando llegaba un veinteañero acelerado a buscarnos. El cadáver no se dignó a saludarme, aunque estaba claro que yo era su partenaire, y caminó chancleteando por los pasillos lustrados, a escasos metros de mí. Se había puesto unas gafas oscuras. Tal vez en su idiotez, imaginaba que hordas de fanáticos lo esperaban agazapados. Pero nadie nos prestaba atención. Éramos un grupo extraño. Yo iba cubierta por una batita rosa, que a duras penas me tapaba el culo. Y en los pies, las zapatillas que me había comprado Vitale, a medio poner. Sostenía una maquinita de afeitar en la mano izquierda.

Cuando llegamos al estudio tres, el pelirrojo alterado del primer día discutía con un sonidista. Había casi diez personas alrededor de la cama. Yo le pregunté al adolescente que nos había escoltado, si todas esas personas iban a estar presentes, pero no me contestó nada. Hizo un gesto de hombros y se evaporó, como toda respuesta.

El sexagenario y yo esperábamos indicaciones, mientras la discusión técnica iba subiendo de tono. De pronto, el pelirrojo amagó con darle una cachetada al sonidista, que reaccionó embocándole un puñetazo en la nariz. Hubo aplausos entre los técnicos. El director apareció a toda velocidad desde el control a separarlos, se llevó al pelirrojo a un costado, llamó al otro y después desparecieron los tres, entre insultos ininteligibles.

Me senté al borde de la cama y terminé de afeitarme la pierna que me faltaba. Después me acosté, aprovechando el despiste de la concurrencia, que recordaba la pelea que acababa de suceder, repitiendo y acotando gestos. El sexagenario se sentó en el otro extremo de la cama.

—Qué poco profesionalismo —sentenció de pronto.

Yo no sabía si me lo decía a mí, o si pensaba en voz alta.

—Te aviso mi querida, que tengo los pies helados.

—No se preocupe —respondí, segura de que por fin me registraba.

—Es una situación incómoda, pero hay que vivirla con naturalidad. ¿Es tu primera vez? —dijo, mirándome condescendiente.

—No, tengo un hijo de dieciséis años —respondí sin pensar.

—Digo en la tele.

—Ah, sí.

Hubo un breve silencio. El tipo se sacó las pantuflas.

—Esperemos que resuelvan rápido el conflicto. ¿Te molesta si me acuesto?

—No, por favor. Mejor, así nos acostumbramos —le contesté mientras me metía yo también en la cama.

—Gracias. Hace frío en el estudio. Nunca piensan en los actores.

Así permanecimos un buen rato, sentados en silencio.

—¿Tu nombre, mi querida? —dijo como volviendo en sí.

—Violeta.

—Ernesto Tejada para lo que gustes —suspiró.

Y me tomó la Mano y la besó como un caballero andante.

—A ver, chiquita —le dijo a una asistente de producción que estaba a un costado—, dos cafés. Esto es una vergüenza, como mínimo.

—¿Con azúcar o edulcorante? —respondió la otra.

—Con un par de medialunas —acoté yo.

—Ahora se lo consigo, señor Tejada—. Y se comunicó con la cafetería con un handy.

Desayunamos en la cama como una pareja deforme y feliz. El tipo tenía gracia. Cuando regresó el pelirrojo con el ojo morado, ya estábamos tan cómodos como una familia incestuosa. Y no importaba si había o no gente. Por otro lado, Ernesto besaba como los galanes de antes, escondiendo los labios en los resquicios cercanos de la boca de su compañera. No hubo movimientos obscenos, sino pura efervescencia televisiva. Repetimos tantas veces la toma, que ya no era consciente de si estaba desnuda, o si permanecía en la jaula de vidrio en la que me meto cuando me evado de los demás.

Frente a mi propia tragedia, la escena en cuestión era un agradable recreo, una isla deliciosa en un mar de tiburones.

Buceo en el fondo de ese lago insalubre que es mi cabeza. ¿O debería decir insondable?

Me ahogo en los mares universales que recorren mis venas. Si miro una uña de mi pie se ve la superficie de Marte.

Con Parra

Cuando salí del canal me fui directo al consultorio. En cuanto entré, el doctor empezó a respirar enloquecido. Vino hacia Maureen como un esclavo festivo. Parecía que iba a desmayarse.

—Cómo está mi bebé —se atrevió.

—Bastante bien —respondí huyendo hacia la silla.

—Cuénteme.

—Si lloro, me arde. ¿Es normal?

—¿Estás haciendo terapia?

—No.

—Me contaron que no volviste a *Injertados*.

—No, pero igual nos vemos. Están por todas partes.

—No tiene por qué arder. Si me hicieras caso y vinieras más seguido...

—¿Puedo tomar alcohol?

—Yo lo evitaría. Un brindis, un mojar los labios...

—¿Puedo hacer preguntas de la donante?

Su sonrisa se evaporó.

—Cautela, es un tema difícil.

—Sólo me interesa su edad. El resto ya lo sé.

—¿Quién te dio información? Es estrictamente reservada.

—Nadie.

—¿Y entonces?

—Ella me llevó a su pasado.

—Ya veo.

—Tuvo una muerte trágica. Y eso no se olvida, Doctor.

Mientras yo hablaba, él se fue a un fichero. Yo disimulé las ganas de atropellarlo y robarle la ficha. Pero, ya sabía lo que estaba leyendo: Maureen Morris, etc.

—Violeta, en atención a tu espíritu excelente, voy a darte algunos datos. La edad de la donante es aproximada. Suponemos que se hallaba entre los 20 y los 35. Y digo suponemos, porque este caso fue muy poco habitual.

—Por qué.

Parra tragó saliva.

—Porque el brazo llegó sólo.

—¿Cómo?

—Quiero decir, el resto del cuerpo nunca se encontró. Fue hallado por un grupo de buzos.

—¡Qué hijos de puta! —exclamé conmovida y desesperada.

—¿Por qué? Ellos sólo la rescataron de las aguas.

—No hablo de los buzos.

—¿Estás bien?

—Siga. No aguanto la incertidumbre. Prefiero estar al tanto. Necesito información para componer el personaje. ¿Entiende? Soy actriz, trabajo con mi cuerpo. No puedo desconocer a mi propia mano.

—Está bien, tranquila. El brazo fue cortado a cinco centímetros de la muñeca. No pudimos establecer las circunstancias, así que nos limitamos a tomar sus huellas dactilares, pero en fin, la persona no tenía antecedentes. Nadie denunció su muerte. Así que la criogenizamos como NN.

El resto, no lo sabemos.

De pronto, me sentí poderosa. No había lágrimas ni dolor. No sentía pena. Nada. Le di las gracias. Él me miró con su cara redonda.

—Ahora lo importante es que pienses en el futuro.

—Sí, es lo que estoy haciendo.

—Sólo alguien muy entero reacciona así. Te felicito.

Mientras caminaba hacia casa me di cuenta. El cajón de Maureen era la prueba. Allí estaría la adolescente manca, o sencillamente, no estaría. En su lugar, unas piedras. Así resuelven los buitres capitalistas sus problemas. Entierro en ausencia.

Imaginé a los muertos sin fiesta de bienvenida. Cuando se quedaron solos, no encontraron a la nueva. Celebración a medias, el muerto no está, los otros brindan en silencio. La fiestita sorpresa se pone más mortal y desencajada que nunca.

Después de acabar con Vitale, voy a denunciar a la familia. Los Morris tendrán que desenterrar la mentira que crece bajo la alfombra de su bóveda familiar, como el abono de los perros.

Septiembre

La descarriada
En el horno
Descanse en paz
La muerte usa bigote

La descarriada

Llevo toda la noche matándolo. No doy más. Me levanto con un cansancio histórico. Salgo al patio a mirar el cielo a ver si hay alguna queja cósmica por mis futuros actos. No, las estrellitas muertas de siempre.

Pienso que soy el pasado de alguien que me mira desde su planeta. Soy un reflejo de lo que fui. Ya no existo, así que da igual. Podría matar a Vitale porque ya está muerto.

IMPRO DESENLACE

El objetivo está. Los Personajes: Maureen y Vitale.

Acción asegurada. Irán juntos al final como un cometa hacia el vacío. Falta el espacio escénico. Y el objeto contundente.

¿Debería filmar? No, mejor no. El que no esté, se la pierde. Presencia. Es lo único que existe. El momento y después nada, recodar el brillo en los ojos del otro.

Ya sé por qué la actuación no termina de ser una profesión para mí, me entrego tanto que mi cuerpo no entiende si hay realidad o no. Si lloro igual que cuando me pegaban en el culo, amo o sufro por un imbécil que me acelera el pulso y después se va, como en la Vida. Si me duele la panza, o me tiro al suelo y está tan duro como siempre. Me invento un mundo para vivir el doble. Y si no me pagan no importa, tampoco se cobra por vivir.

Tengo que prepararme para la escena. Voy al armario y descubro que toda mi ropa estaba hecha para el crimen. Ahora sí que no tengo problema para elegir un modelito. Por primera vez, no necesito a la vecina. Armo un equipo sobre la cama. Vestido negro escotado, guantecitos a la muñeca para no dejar huellas, sandalias insinuantes.

Suena el teléfono.

—Hola, evadida.

—Osvaldo Vitale. Oportuno como siempre.

—Qué pasó la otra noche. Desapareciste de la fiesta.

—En realidad, te busqué, pero no estabas por ningún lado. ¿Dónde te habías metido? ¿En el cuerpo de alguien? —disparé irónica.

—Te llamo para invitarte al teatro. Tengo entradas para la ópera.

—Bien pensado.

—Dos cositas: elegancia y silencio. Vamos con los Morris.

—Qué rara es Ludovica ¿no?

—Te paso a buscar a las ocho —volanteó él, y me colgó, como cada vez.

Me miré en el espejo antes de salir. Faltaba un cartel que dijera Asesina Serial. Fumé un poco de hierba que me había dado Rosana. Tenía la sensación de haberme convertido en la abanderada de los *Injertados*. Me faltaba el palco y la multitud de paralíticos a los que conducir a la Victoria.

Preparé una carterita mortal, tomé un trago de vodka y salí a la calle. Vitale llegó cuando cerraba la puerta.

Ya en el taxi me agarró un ataque de risa. Tenía una navaja de mierda en la cartera de plumas, algunas pastillas y una aguja hipodérmica. Todo era un desastre. Un plan de cuarta cuyo eje era dejarse llevar por los acontecimientos.

Nos bajamos una cuadra antes de llegar al teatro porque Vitale estaba enojándose con mis risotadas impertinentes. El taxista también parecía molesto. Me dolían las costillas. Entonces Vitale me pegó una cachetada enorme. Me dejó paralizada un instante, pero estuvo bien, me recuperé de la estupidez.

—Por fin te veo la cara —le dije a Vitale, sin pensar—. No me pierdas de vista. En cuanto te despistes te voy a romper el cuello como a una gallina.

—¿Estás caliente ahora? De la risa al porno, sin escalas... Ya habrá tiempo para desnudarse —contestó con suficiencia.

—No entendiste nada —respondí nerviosa.

Me agarró firme del brazo y caminamos hasta la entrada por la calle Libertad. Los Morris estaban junto a la puerta. Ni se miraban. En cuanto nos vieron, Ludovica se puso incómoda y señaló la hora. Entramos casi sin hablar al gran hall, porque se había hecho tarde. Ya había sonado el último timbre. Subimos por la escalinata de mármol hasta el Salón de los Ilustres. Sobre una cornisa había una multitud de cabezas célebres rebanadas. Morris llamó a cada uno por su nombre, mientras corríamos hacia el Salón Blanco, alfombrado de rojo.

Seguimos por un lateral en dirección a los palcos de *avant scène*, sobre el foso de la orquesta. Desde allí contemplé la

147

araña pendiendo sobre las cabezas peladas y los peinados batidos a punto nieve, e imaginé una tragedia.

—Siete metros de diámetro y setecientas lamparitas eléctricas —acotó Morris.

—Uf —respondí yo—. Tremenda masacre.

—¿Eh?

—Shsss... —chistó Ludovica de mal humor.

—¿Tu nombre? —susurró él, perdiendo contorno porque las luces estaban desapareciendo.

—Violeta.

—Qué curioso.

—¿Qué? —murmuré yo, totalmente a oscuras.

—Shssss —me obligó Vitale.

—La Traviata —respondió Morris, y me dio el programa de mano.

En ese momento se abrió el telón y yo leí con dificultad: Acto 1, Comedor en la casa de Violeta.

El señor Morris se olvidó de mí y comenzó a enjugarse lágrimas enormes que le dificultaban la visión. Su descontrol emocional era aprovechado por Ludovica, que se dejaba tocar por Vitale. En la oscuridad era difícil ver con claridad las manos del gerente, pero su reloj dorado brillaba entre las piernas de ella y entonces hice foco, descubriendo el escarnio.

Si hubiera tenido una pequeña pistola con mango de carey los habría acribillado ahí mismo. Y el dedo de él, como un gusano atorado en una manzana, habría quedado tan duro a causa del rigor mortis, que sólo serruchándolo podría haber sido liberado de su húmeda trampa.

Pero en lugar de una pistola, tenía un montón de objetos inservibles en la cartera. Había leído algo a cerca del efecto que producía inyectar una burbuja de aire en la vena. Provocaba no sé qué desastre en el organismo.

Sin embargo, pensé que nada sería más efectivo que un marido, presa de un ataque de celos, reaccionando en caliente al adulterio. Así que, mientras la Violeta deforme chillaba su *Sempre libera* en escena, yo agarré la cabeza de Morris y le señalé la falda de Ludovica.

Para nuestro asombro, la silla estaba vacía, así como la de Vitale.

Morris resultó un despechado demasiado perezoso, que susurró una excusa ininteligible y ni se movió de su sillita de terciopelo.

Tuve que levantarme y hacer el trabajo por él. Y no fue difícil encontrar a los despreciables amantes. Se toqueteaban detrás de la cortinita, a escasos centímetros de nosotros.

Al verme, Ludovica se quedó dura y a Vitale le agarró una especie de tic nervioso. Tuvo que arrastrarme a la fuerza, fuera del palco para evitar un escándalo.

—Todo tiene una explicación —dijo, pero la explicación se demoraba mientras nos internábamos por pasillos cada vez menos glamorosos.

Estaba tan alterado que me condujo por un laberinto de escaleritas secundarias que ascendían hacia el sector Pelucas y Bigotes, según decía el cartelito de la puerta que empujó casi sin aliento.

El conflicto nos arrastra de los pelos hacia el final.
No nombrarlo sería demasiado fácil.

En el horno

Respiraba con silbido, estaba exhausto. Me hizo un gesto para que lo dejara recuperarse y entonces, sin esperar más, lo golpeé con una cabeza de yeso que lucía un ridículo bigote.

Vitale cayó al suelo como un muñeco de cera. Pensé que iba a quebrarse cuando chocara contra el piso de granito. Pero no. Un charquito de sangre brotó de sus labios muertos.

Estaba desconcertada. El lugar oscuro. Miré el desastre que acababa de provocar y me acordé de pronto de aquella improvisación genial en lo de Parisi. En la que el cuerpo de un actor tirado en el suelo había sido sacrificado y la mujer a su lado, con un atizador en la mano, se reflejaba en el espejo. Tenía una mirada estremecedora, por lo infantil y perturbada.

No sé qué turbios asuntos se empataron en mi mente, pero de inmediato Maureen le pegó el bigote. Vitale se transformó en un muerto de película muda. Una especie de villano de Texas, fuera de lugar.

La verdad es que la muerte real se parece mucho a cualquier escena ficticia, en la que uno contempla los asesinatos como simples tropiezos necesarios para la acción, y nadie llora.

Esperé a que se levantara. Esperé los aplausos, como una idiota. Después recordé que esto no era un teatro, aunque en realidad lo era. Que yo no era una actriz, aunque lo fuera. Y que el muerto era lo único real, aunque estuviera muerto.

Encontré un interruptor. Una larga hilera de lámparas de neón alumbró nuestras cabezas. Había cientos de caras de yeso, mirándome. Caminé extasiada entre sus peinados, barbas y postizos. Sólo había dos tipos de cara: hombre o mujer. Ellas eran idénticas entre sí y ligeramente más pequeñas que ellos. Ellos, con la mirada petrificada, estaban a la derecha. Con el ceño fruncido.

Al final del ambiente, encontré una mesa de corte con tijeras de distintos tamaños y una especie de biblioteca pilosa compuesta por cientos de cajones, con rótulo en la frente. Rubio oscuro 0.1, ceniza 0.3, cobrizo 0.5. Maureen descubrió una inmensa tapa de metal. Era el incinerador.

Corrí hasta Vitale y lo arrastré. Me guardé el bigote de recuerdo. Abrí la tapa que parecía una boca ardiente y lo empujé hasta el fondo. El infierno se lo tragó. O eso supuse.

Después, limpié las manchas del suelo con un trapo y lo tiré con un movimiento certero y frío, al fuego. Me acomodé el pelo. Barrí el yeso de la cabeza rota. Apagué la luz.

El corazón comenzó a latir cuando estaba todo terminado. Sentí una especie de pánico escénico, aunque el escenario estuviera lejos. Entonces sí, tuve que relajarme haciendo respiraciones en uno, en dos, en tres tiempos.

Mientras bajaba las escaleras y me dirigía al palco, el embotamiento previo al crimen había desaparecido por completo. En su lugar, algo terrorífico se dibujó en mí. Tenía la sensación de haber sido utilizada. Al final, Maureen no era más que una adolescente desbocada, presa de sus disturbios hormonales. Por ella, mi gerente había muerto en circunstancias absurdas. Por ella, tendría que mentir, torcer los hechos, buscar coartada.

Entré al baño para acomodarme y pensar. Bebí agua, retoqué mi labial. No había nada que me delatara. El asesinato te vuelve discreto.

Cuando llegué al palco, estaba vacío. Los Morris habían desaparecido. Sobre el terciopelo de mi silla encontré una notita: *Ludovica se descompuso. Disfruten por mí. Morris.*

Suspiré aliviada y ocupé mi lugar. Incluso me emocioné con la falsa Violeta que agonizaba en su lecho. Aplaudí de pie para no despertar sospechas y salí confundida entre la multitud.

Afuera llovía. Un grupito de gente se había congregado a escasos metros. Estaba por cruzar, cuando me ganó la intriga.

Para mi sorpresa, Vitale estaba tendido sobre una camilla, teñido de hollín.

—Parece que se suicidó —proclamaba una señora en el barullo de sirenas y gritos de espanto—. Se tiró por el antiguo incinerador.

—Para mí, respira —acotó una viejita.

Enseguida unos enfermeros se abrieron paso entre los espectadores casuales e introdujeron al gerente en una especie de bolsa de dormir. Me alejé sintiéndome densa. Pero de pronto, reconocí el trapo con sangre con el que había limpiado el crimen unos metros más allá, sobre un charco de barro. Distraídamente, lo levanté y lo dejé caer en un desagüe de la vereda. Buenos Aires se transformó en el decorado perfecto para el asesinato que acababa de suceder. ¿O estaría vivo? Me sentí vidriosa taconeando por la ciudad oscura. Los residuos, los cartones, la miseria y yo, éramos cómplices de un misterio.

Entré a un bar semidesierto, del otro lado de la plaza. Pedí el teléfono. Marqué el número de Selva porque imaginaba que estaría en el hospital.

—Hola, soy Violeta. El imbécil de Vitale se fue y me dejó plantada. No tengo plata para volver a casa, pero bueno, no estás. Un beso.

El barman me miró con complicidad, es más, me guiñó el ojo para resaltar lo obvio y me invitó con ginebra. El viejo truco había funcionado.

—No tengo un peso —advertí.

—Ya sé. Pero tenés una cara extraña. Me gusta lo difícil —respondió.

—Y que estás haciendo detrás de una barra —lo apuré.

—Estudio a distancia. Lo que me separa del cliente, hace que se abra a mí como una navaja. A estos tres, los conozco mejor que a mi madre —contestó con seguridad.

—No sé cómo voy a volver —dije, intentando llevar agua a mi molino.

—Si me contás un secreto, te doy para el colectivo.

—Soy virgen —mentí. Y nos atragantamos de la risa.

A la cuarta ginebra, metí la mano en el frasco de propinas y saqué el primer billete que encontré. Sólo quedaba un cliente medio Vitale, es decir muerto, y el barman que se había ido al baño.

Cuando regresó, le di las gracias, mientras escribía un falso número de teléfono en un posavasos.

—Ahí estoy.

Él me miro fijo y lo rompió en varios pedazos.

—Cada palabra, una mentira. ¿Actriz?

Me sonrió y se puso de espaldas para que me fuera de una vez.

En la calle miré el billete y descubrí que serviría para tomarme un taxi.

Que el conflicto interno, no paralice.
El temor es peligrosamente Metafísico.

Descanse en paz

Cuando me desperté era muy tarde. No entendí quién era yo, por unos segundos. No podía volver a la normalidad. Me levanté y me miré en el espejo. Yo no pude matar a Vitale.

El bigote no estaba por ningún lado.

Resolví que había tenido una pesadilla. La muerte de Vitale en el teatro podría ser un impulso para esquivar a la muerte verdadera. Un ensayo. Si lo de ayer fue un sueño, hoy podría ser mi revancha.

Llamé al teléfono de Vitale. Estaba fuera del área de cobertura. Entonces, lo maté. Y acabo de embarrarme. Mi número quedará registrado. Aunque llamar a un muerto también podría ser mi coartada. Si yo lo maté, ¿para qué lo voy a llamar? Nadie en su sano juicio llamaría a su víctima.

Cómo me puedo olvidar de una cosa semejante. ¿Qué hice anoche? ¿Soy esclava de los inmunosupresores? Tal vez mi desconcierto es un efecto secundario. Pero la opresión en el pecho es real e insoportable.

Decidí desenredar la madeja por la otra punta: Maureen.

Busqué la nota con la foto de los Morris en su entierro, y al anochecer me dirigí a Olivos.

Cuando llegué al cementerio tuve una sorpresa. Mario el rengo *Injertado*, era el vigilador turno noche. No me había dado cuenta y le hablaba como si no lo conociera. Le estaba diciendo que necesitaba de inmediato visitar la tumba de mi amiga, que un sentimiento extraño me había obligado a salir de la cama en medio de la noche, cuando él me interrumpió.

—¿Cómo te va, Violeta?
—Violeta —corregí mecánicamente.
—Por eso. ¿Te acordás de mí? —y levantó su pierna enferma.
—Ah, sí...
—Tuviste suerte de encontrarte conmigo. Cómo se llama tu amiga.
—Maureen Morris —respondí.

Maureen se paralizó al escuchar su nombre. Mario sonrió como si supiera y consultó un pequeño índice que estaba en la mesita. Después, verificó el dato en un mapa con cruces que colgaba de la pared.

—Acá está. Segundo recinto: Los violentos contra sí mismos y contra las propias cosas.
—No entiendo.
—Séptimo círculo del infierno. Dante en la selva dolorosa.
—Ah, no sabía que te gustaba leer.
—Soy vigilador de un cementerio. Tengo que matar el tiempo —se rió, mientras agarraba la linterna—. Vamos.

Caminamos hasta la cripta de los Morris sin hablar. El viento traía en ráfagas fugaces, una música punk de algún bar cercano. Vi que el rengo movía la cabeza al ritmo frenético, que iba y venía, dejando por algunos segundos el cementerio distorsionado.

—Ay, la gente... —dijo el rengo. Y no continuó la idea.

Yo asentí con un suspiro, como si nosotros no fuéramos gente, sino aves solitarias caminando sobre restos.

Mario se detuvo e iluminó una especie de catedral diminuta con arcos ojivales y letra gótica, para comprobar que estaba en lo correcto.

—Efectivamente. Familia Morris —anunció satisfecho.

Yo estaba paralizada y sin habla.

—Se va a poner contenta tu amiga, nunca tiene visita —sugirió, abriendo la puerta negra—. Hablen tranquilas.

Su amabilidad me resultó repugnante. Lo vi alejarse por entre las tumbas, silbando como si estuviera en una excursión campestre, y lo odié. Su naturalidad interrumpía mi estado. Pero cuando no lo vi más, tuve ganas de llamarlo para pedirle que se quedara a mi lado y me asistiera en el sacrilegio.

La imagen de Vitale cayendo por el incinerador y el olor seco de su final, ocupaban toda mi mente. Necesitaba encontrar un motivo que me excusara del crimen y su interrogante.

El Señor agotó su paciencia y se ha calzado una escopeta, una peste, una lluvia interminable.

La muerte usa bigote

Entré a la bóveda, una habitación dividida en dos por un pequeño altar, donde había varias fotos. Recordé a mi fonoaudióloga. Una cincuentona olorosa y lenta que tenía a su familia enmarcada arriba del tocadiscos, a falta de piano de cola.

La imagen de Maureen me arrancó del pasado y me absorbió por completo. Allí estaba la foto de la niña violenta. Pálida como una luna, mordiéndose el labio. Teñida por los vitrales azules.

Otros desconocidos me miraban con tensión desde sus marcos opacos. El abuelo, una tía insulsa y pelada. Seres de otro tiempo, con muchas horas de muerte encima.

A la izquierda, había dos ataúdes enormes como galeones hundidos, llenos de tierra y silencio. A la derecha, encontré el cajón marfil de Maureen. Estaba en el suelo.

Unas flores frescas estaban colocadas junto a ella. Prendí un par de velones porque la oscuridad de la noche era inmensa. Al mirar hacia el cajón me pareció verme reflejada en el espejo muchos años atrás: Yo joven y dormida. Grité, pero miré mejor y entonces la vi a ella. La tapa de vidrio mostraba su cara de niña exquisitamente embalsamada. Una capa de polvo le cubría el resto del cuerpo. Tuve que soplar, pero no fue suficiente. Una bellísima tela de araña cubría a modo de mosquitero salvaje, la tapa. Mano desbarató la estructura de hilos pegajosos.

Entonces, vi el cuerpo de Maureen. Parecía una flor congelada. Estaba vestida como una muñeca. Con las manos entrelazadas y una orquídea mustia entre los dedos.

Me quedé petrificada mirándole las manos, intactas, perfectas: dos. Tenía las dos. Hice foco ahí, en ese espacio de misterio. Y me largué a llorar, o a reír por intervalos. La cordura se alejaba y volvía, como la música punk. Ella no era mi mano. Era una muerta ajena a mi injerto.

Había vuelto al principio.

Miré mi mano, la extraña, la mano de nadie que me había engañado. Hice un repaso acelerado de las secuencias, de las escenas mal entendidas que me habían traído hasta aquí. Un encadenado de supuestos, de indicios que apuntaban a Maureen: el agua, Vitale, Elizabeth, el abuso, Ludovica, la Traviata.

Las circunstancias y las hipótesis dramáticas que ella había señalado eran pura confusión. Mi verdad, un error. Y mi mano, una absoluta desconocida.

Intenté un frenético padrenuestro, pero no me sabía la letra, así que pedí por favor que Vitale estuviera vivo. Pobre de mí.

—Por favor, por favor, por favor —insistí, cambiando de tono para no aburrir a los astros.

Saqué la navaja. Pero no pude hacer nada. Al fin y al cabo, la mano era inocente. Sabía menos que yo. Un pedazo de carne sin razones ni sentimiento. Hueso, músculo y tendones. Ni una idea de moral, familia o religión. Acá el problema era yo. Yo y mi falso pathos.

Los conocimientos teatrales habían conspirado en mi contra, una vez más. Todos mis maestros me enseñaron a creer, y se equivocaron. Mi madre tenía razón. Si yo hubiera sido un poco más imbécil me habría salvado. Creer en los impulsos, en el instinto, es un peligro. Con razón hay tanta maniática señorita negadora o señor formal con papada huyendo de la imaginación como del demonio.

—Pensar con el cuerpo es dañino para la salud. Para la propia y para la ajena —habría sentenciado mamá, con su dedo señalador.

Todo eso aprendí frente a las manos secas de Maureen, sin orden. Las lágrimas y los pensamientos se entrelazaban en una pulseada demencial. Ganaron las lágrimas.

Apagué los velones con los dedos húmedos, tal vez para destacar que a pesar de todo estaba viva, no lo sé, y cerré la puerta.

Cuando salí del sepulcro me sentí Lázaro y festejé desesperada mi nacimiento entre las tumbas.

Mientras avanzaba por esas callecitas falsas construidas para la muerte, recordé mis fantasías de estrellato, la infantil necesidad de verme en pantalla grande. Que la lupa del éxito agrandara mis atributos (escasos) frente a un montón de desconocidos sentados en la oscuridad (extasiados). La cara de la actriz repetida hasta el cansancio, sobre distintos conflictos, y el ego teñido de expectación. Eso quise alguna vez. Parecer grande para esconder el terror que me provocan los demás.

Varios gatos se incorporaron a la tragedia. Brillaban sus pupilas como sátiros fluorescentes y me seguían, maullando su lástima como almas en pena. Éramos un elenco extraño.

Sentí la presencia etérea de heroínas de las tablas muertas. El eco de sus voces bien templadas arrullaba mi corazón como un canto de sirenas salvajes privadas de platea.

160

Cuando vislumbré la garita del rengo, corrí hacia él y lo abracé.

Los mininos se acomodaron en círculo y entonaron una melodía cautivante. En ese escenario, le dije:

—Somos iguales, vos y yo. Dos seres fragmentados, sin amor.

—No te creas —aclaró el rengo, con mirada chispeante y tono de comedia—. Yo soy peor.

Ojalá hubieran estado presentes el maniático de Parisi y toda su corte. Nos habrían felicitado. Mario hizo bien su parte: me besó sin más, mientras se adentraba en mi organismo. Las nubes se deslizaban sobre nuestras cabezas en sentido contrario a los dedos del rengo. En ese momento, por primera vez desde la operación, la mano nueva se confundió con el resto de mi cuerpo. Mario tenía una lengua endiablada y el deseo me electrificó entera, sin olvidar ningún sector.

Después del orgasmo, un gato blanco me clavó su pupila y sentí miedo. Mario se acomodaba el pantalón. Me acerqué al felino feroz con las manos extendidas y me senté a su lado. Un maullidito ingenuo brotó de su boca infernal. Entonces, mientras lo acariciaba, una brisa gélida me atravesó la espalda. Pegado a la suela de mi zapato estaba el bigote. El bigote de la muerte.

Hice fuerza para despertar, pero me temo que no estoy dormida. La naturaleza de lo trágico es la reiteración.

Visto de cerca, cualquier criminal es un niño. O un gato. O un actor.

La tragedia ajena provoca una felicidad incurable.
No me pregunten por qué.

Índice de personajes

Violeta
Damián
Anubis
Analía
Marité
Raúl Parisi
Consuelo
Selva
Rajado
Fermento Mur
Ernesto Tejada
Doctor Parra
Injertados: Camilo, Nelly, Félix, Ricardo, Rosana, Mario
Osvaldo Vitale
Anita
Señor Morris
Ludovica Morris
Maureen

Tabla de contenido

Otros títulos en la colección Bartleby

Blas Dotta, *Breves en el tiempo*/José Solórzano, *La paciencia de los insectos*

Luis Chaves, *Asfalto/Salvapantallas*

Andrea Jeftanovic, *Escenario de guerra*

Lina Meruane, *Sangre en el ojo*

Mario Levrero, *La ciudad*

Mónica Ríos, *Alias el Rocío*

Stanley Crawford, *Bitácora del SS el Señora Unguentín*

Carola Saavedra, *Paisaje con dromedario*

Byron Salas, *Mercurio en primavera*

Rodrigo Soto, *Tu nombre en la página*

ediciones
lanzallamas